三島由紀夫は何を遺したか

櫻井秀勲
Sakurai Hidenori

きずな出版

はじめに――

五十年の時をへて、いま思うこと

昭和四十五年（1970）十一月二十五日、自衛隊の市ヶ谷駐屯地（現在は防衛省）で、三島由紀夫は「切腹」して、自らの命を絶った。

いわゆる「三島事件」である。自らの死をもって彼が訴えたのは、いまの憲法では、自衛隊は真の国軍になりえない。それでは「日本国の立場を危うくさせるもの」だとして、それを改正するために「自衛隊は立ち上がれ」というものだった。

その行動は理解されず、衝撃的な事件として、日本内外の人々の記憶と歴史に記録を残すこととなった。

当時の私は、仲間と共に祥伝社という出版社を起ち上げ、その日は社員採用試験で、面接に当たっていた。いきなり飛び込んできたニュースに、すぐに駆けつけたい衝動にかられたが、結局その場に私は留まった。

作家、三島由紀夫に直接お目にかかったのは、「女性自身」での連載を頼みに伺ったのが最初である。それから亡くなるまで、兄のように慕い、三島さんも私を弟のように可愛がってくれた。

事件が起こったあの日のことは、到底忘れることはできないし、叶うならば、その前日に戻って、三島さんと話をしたい。


あれから五十年がたったのだという。

恐らく生前の三島由紀夫と親しくつき合っていて、いまでもその頃の思い出を語れる友人、知人、編集者となると、女優の村松英子さんと私など、数人しか残っていないのではあるまいか。村松英子さんは、三島さんにその資質を認められ、三島戯曲の舞台に数多く出演した。

死後五十年というのは、それだけ長い年月であり、貴重な記録を埋没させてしまうものだ。しかも三島さんの場合はあまりにも悲劇的であり、またさまざまな批判を呼んだだけに、読者もとまどう部分もあるだろう。

しかしこれだけは間違いなくいえることは、その作品群は今でも燦《さん》と輝いており、日本文学の華といっていいだろう。またその生き方のたたずまいといい、考え方、実行力といい、実にみごとの一語に尽きる。

さらに現代の日本の姿を見るとき、三島さんの危惧した通りになってきている。果して天皇家、日本の皇室はこの先、連綿とつづいていけるのか、日本が日本らしく発展できるのか、非常にむずかしくなっている。

いや、それどころか、日本人だけでこの国を守っていけないし、仮に米軍が加わっても、危うくなっているのではないか。平和であってほしいのは、誰でも同じだが、しかしただ「平和」を唱えていて、そんなきれいごとで平和が保たれるのだろうか。

私は終戦のとき、ソ連軍に捕えられ、満州国を追い出された、清朝の元皇帝、溥儀一族の姿を見て知っている。もちろん清朝と日本の皇室とは、まったく違っている。また尊崇《そんすう》の念も根本から異なるが、三島さんにはその行く末の危うさが見えていたようだった。

三島さんは「天皇家が庶民のようになるべきではない」という信念を持っていた。しかしそれは、いわゆる右翼とはまったく異なる。それは戦時中から文学の思想集団、日本浪曼派に属して、「天皇制という絶対的な価値観と日本美を失っては、真の日本人ではなくなる」という観念を持ったからではないか。

私は三島さんとたかだか七、八年という短い時間を共にしたにすぎないが、三島さんから聞いたことはすべて三島さん自身の考えであり、「誰がこういった、誰がこう書いていた」という話は一つもなかった。

つまり皇室観も自分の考えであり、自衛隊を国軍にするための憲法改正を目指して、最後の市ヶ谷の陸上自衛隊バルコニーで演説した内容も、すべては自分自身の考え方だったのである。

私も憲法改正論者であり、いまの憲法のままでは、戦わずして日本が占領されることになりかねない、と信じている。それは日本という国の地政学的位置が危険だということであり、さらに島国であることによって、非常に広大な排他的経済水域を持っていることで、他国から狙われやすい、という短所もあるのだ。

万が一にも他国から島嶼《とうしょ》を狙われたら、仮に集団的自衛権を発動するにしても、いまの軍備では、どうにもならないだろう。その意味で日本の憲法は「そんな無茶なことをする国は近隣にはありませんよ」という、性善説で成り立っている。

果して三島由紀夫の憂国が、杞憂に終わるかどうか。私は五十年前より、心配が大きくなってきたような気がするのだが、これは今後の日本人の考え方次第だろう。

ただ、せっかくの没後五十年という節目の年を迎えて、もう一度、彼の文学から壮絶な生きざまを振り返るのも、悪くないのではあるまいか。

また実際の三島由紀夫をはじめとして、ノーベル文学賞を争った川端康成、三島の親友だった評論家、村松剛などの生前の姿と声を知っている者として、今その実像を書き残しておくことは、義務だと信じている。

櫻井秀勲

目次

第四章　決起——三島由紀夫が貫いた美学

三島由紀夫は何を遺したか

櫻井秀勲

第一章

運命
――三島由紀夫の思想の礎

そこにはさだかな豫感があるけれども
豫感が現在におよぼす意味はない。
それはうつくしく孤立した現在である。
絶縁された世にもきよらかな
ひとときである。

――『花ざかりの森』より

「文学については語らないでくれ！」

私が三島由紀夫と急速に仲がよくなったのには、二つの理由が介在している。

一つは「女性自身」編集長として、女性の行動や心理に詳しかったこと。もう一つは日本浪曼派の作家たちと、仲がよかったからだった。

知り合ったのは、昭和三十七年（1962）のことで、私が三十一歳、彼は三十七歳だった。この本では年代を基本的に昭和で表すことにするが、それにも理由が二つある。

三島由紀夫は大正十四年（1925）生まれだが昭和元年は翌年の十二月二十五日から三十一日までで、昭和二年（1927）の誕生日で二歳になる。つまり昭和で表すと、三島の年齢がすぐわかることになる。

それに彼の一生は、天皇制の問題との関わりが深く、中でも昭和天皇の「人間宣言」を問題にしているので、西暦を使う意味がない。

また三島由紀夫自身も、作品や手紙の多くは西暦を使わず、日本の元号を用いているので、それに合わせたほうが、わかりやすいと思うからだ。

編集者は作家にかぎらず、初対面の人に会うときは、必ずいくつか話題を用意する。これはもう習性といっていいだろう。どんな小さな話題でも、その人とつながる種類のものを探すのだ。誰でも、まったくつながりがない人と会うときは、億劫《おっくう》なものだ。

同県人だったり、同窓の人であれば、それを糸口として話がほぐれていく。私が三島さんと会うに際して用意したのは、太宰治の話だった。

旧制中学四年生のとき、神奈川県芦之湯温泉の一旅館で太宰治らしき作家と四日間同宿した話は、私の宝物だった。戦後に出てきた作家たちにとって、太宰は一瞬だけこの世で輝いた、幻のような存在だった。

作品すべては残っているものの、三十八歳で情死した彼の実生活を知っている仲間たちは、昭和三十年代でもそうはいなかったのだった。三島さんもそうで、たしか太宰と会ったのは一回だけだったのではあるまいか？

それに三島さんは、太宰にそれほど興味を持っていたわけではないらしい。そのことも私は、なんとなく知っていた。それよりも三島さんに知ってもらいたかったのは、私が「日本浪曼派」につながっていた点だった。

いま日本浪曼派といっても、わかる人は少ないだろう。戦争中の文学運動の一つだが、古典回帰と日本の伝統を大事にする側面が当時の若者たちに、大きな影響を与えた。指導者は保田與重郎《やすだよじゅうろう》（1910～1981）という若き評論家だった。しかしこれは政治運動ではなく、純粋に文学運動だったこともあり、三島由紀夫もまだ少年時代だったので、それほど深い知識があるとは思っていなかった。

ところが私の考えは浅く、三島さんは早くから非常に深く、思想的に共鳴していたのだった。その意味では、三島由紀夫という文学者は早熟の天才だった。

それからわかったのは、私が三島さんと知り合った丁度その時代に、彼は『私の遍歴時代』という自伝的エッセイを書いており、あとでわかったのだったが、保田與重郎先生にも直接会っていたのだ。この辺のことは後述する。

私が太宰治のことを話したのは、共通の文学的話題を見つけるためだった。

すでに三島さんはこの時期に、早くも大家の風格を持っており、ノーベル賞候補にも上がっていたのだった。そこら辺に転がっている話題では、乗ってこないと思ったのだ。それに私は、もともとは時代小説の担当編集者だったこともあり、現代小説で彼と論戦を交わす自信はなかった。

ところが彼はそんな私を見抜いたのか、初対面だというのに、私を「さんづけ」で呼ばず「君づけ」で呼んだのだ。

「櫻井君、きみには女性について教えてもらいたい。その代わり文学については語ってくれるな」

この約束を守るなら「親友になれる」というのだった。

正確にいうならば「文学としてオレの作品を読んで批評するのでなく、作中の女性の描写が正しいかどうかを教えてくれ」というのだ。

考えようによっては、私の批評眼を軽視した言葉だが、この際、私にとってはむしろありがたい提案だった。編集者というものは、その作品の真の価値より、面白さ、話題性を優先しなければならない立場だからだ。それに純文学には、必ず評論家が大勢ついているものだ。三島さんの周りにも、一級の評論家が数多くいた。むずかしい文学論になると、それはその方面の批評家に任せておくほうが無難だった。そんなやりとりもあって、女性読者の好きな作家、太宰治のことを話すチャンスが巡ってきたのだった。

連載のテーマは、三島さんにとっても、私にとっても、女性に関する話題なら何でもいい、という雰囲気だった。それというのも、この時期は、彼の作品群の多くは、女性読者向きが中心になりつつあったのだった。小説だけでなくエッセイも書いている。

昭和三十七年（1962）以降の作品を見てみると、たとえば、「婦人倶楽部」に連載した『愛の疾走』。「女性明星」に書いた『第一の性』、「マドモアゼル」には『肉体の学校』、それに「婦人公論」連載の『音楽』、「産経新聞」の『反貞女大学』、「女性セブン」連載の『複雑な彼』など、実は彼の作品系譜からいうと、この時期は大分レベルが落ちている。

なぜ落ちたかというと、私の考えるところでは、彼の前半期に書いた作品が次から次へと世界中に翻訳されていた時期だったことが影響しているのではあるまいか。つまり三島由紀夫という日本の作家が世界的に認められつつあり、英米独仏といった大国だけでなく、フィンランド、デンマーク、オランダ、ノルウェイ、スウェーデンといった国々にも翻訳されていたのだった。

ノルウェイ、スウェーデン語に翻訳されているということは、明らかにノーベル文学賞候補に上がっていることを意味する。事実、昭和四十年（1965）十月、谷崎潤一郎と川端康成、三島由紀夫は、ロシアの世界的作家、ショーロホフと並んで、ノーベル文学賞の有力候補に上がった。

しかし残念ながら、このときはショーロホフの長篇小説『静かなドン』が、世界的な名声を獲得していたことで、日本勢は敗退している。

またこの時期は、映画や芝居に凝っているときでもあり、昭和四十年には短篇映画「憂国」を完成させ、「弱法師」「班女」「サド侯爵夫人」などを公演している。

私が知り合って六年後の昭和四十三年、彼は劇団NLTを脱退した演出の松浦竹夫、俳優の中村伸郎らと組んで、自分の劇団「浪曼劇場」を結成している。

このときマスコミの中には浪曼の字の意味を解せず、「浪漫劇場」と錯覚した者も多かった。ロマンを日本語にすれば浪漫となるからだ。私はこのとき彼の文学的系譜である「日本浪曼派」から名付けたと、すぐわかったが、戦後二十年以上をへて、マスコミがこの系譜を知らなくて当然だった。

そしてこの劇団の主演女優には、村松英子が据えられた。村松英子とはこのあと、私は三島由紀夫の紹介により、運命的な半生を送るのだが、三島由紀夫は非常に高く、彼女の才能を評価していた。

初めて三島邸を訪ねたときのこと

私と三島さんとは、急速に親しくなったように思う。いわゆる「うま」が合ったと私は勝手に思っている。

人には話すことが好きな人と、人の話を聴くのが好きなタイプの二種類がいると思う。基本的に作家は聴き上手なタイプが多い。その理由は、常に話材に飢えているからだ。どんな小さなエピソードでも使えることがあるし、うまくすれば、それが音楽でいうフーガになることもある。それを大きな主題にして、長篇小説ができ上がるかもしれないのだ。

三島さんはその点、大きく頷いたり、首を動かして、こちらの話を催促するかのようだ。だからどうしても、私の場合は長居となる。あまり長くなるときは、応接間から書斎に場所を変えるくらいだ。

私の話は、それまで彼の周りにいた友人や評論家、あるいは編集者のそれとは、大きく変わっていたようだ。多くの友人たちは、すでに長い間つき合っていたせいか、さほど目新しい話題もなく、誰それが何を書いたとか、それが評判がいいか悪いか――といった種類の話に倦《あ》きていたのかもしれない。

私が初めて三島邸を訪問したときだった。文京区の音羽の社から大田区の馬込までは、相当遠い。当時はまだ道も狭く、車道はきちんと整備されていなかった。途中渋滞で初対面に遅れたら、その後のつき合いがうまくいかなくなるのは当然で、マスコミ人としてはあってはならないことだった。

運転手を急がせて、午後の二時の約束を、三十分ほど早く到着してしまったのだ。そこで三島邸の周りをゆっくり見てまわり、午後一時五十分に門柱のベルを押したのだ。初対面なので、話題はあちらこちらに転じていった。その話の途中で、樹木の話題に移ったのだが「邸の裏の木がすばらしい」と私がいったとき、彼は一瞬緊張した表情を見せ「なぜ裏の木を知っているのか？」と、詰問したのだ。初めてやってきたのに、邸の裏まで知っているのに、警戒したのかもしれない。

そこで早めに到着したので、散歩がてら邸と近辺を見学していた旨を話したのだったが、これが思いがけず彼の気に入り「櫻井君は時間に正確なのか？」と訊いてきた。

私は週刊誌というのは、日で動くのではなく、時間または分秒で動く仕事なので、編集部全体が「十分前主義」なのだ、と話したところ、彼は大きく頷いた。

この瞬間、私は三島由紀夫との間に、一種の気が流れたと思った。初対面だというのに、長年の友人のような気分になったのだ。

恐らく彼は、私になら何を話しても大丈夫、という気になったのだと思う。

人間が人間を信頼するときに必要なものは、年齢でもなければ、社会的地位でもない。その人の歩んできた道なのかもしれない。

私はそれまでに、何十人、いや百人以上の作家や一流経営者、政治家、料亭の女将や銀座のママに会ってきた。その中には、すばらしい地位や功績に似つかわしくない人もいた。苦労は誰でも同じようにするものだが、苦労の末に形づくられた人間性がよくないのだ。

こちらも信頼できなければ、あちらも信頼しないだろう。これは長い年月をかけてつき合うより、その人の人生行路の歩き方、つき合い方を見れば、一瞬でわかるものなのだ。

彼が本当に私を信頼したのは、このあと太宰治と保田與重郎と私が知り合っていた、と話したときではあるまいか。

特に保田與重郎は、三島の学習院時代の恩師であり、平岡公威《きみたけ》の本名から、「三島由紀夫」の筆名を考えて与えた清水文雄先生から紹介を受けて、わざわざ会いにいったほどの人物だった。さらに清水文雄先生と共に雑誌「日本浪曼派」にも一度寄稿している。

詳しく書いてみよう。ここに三島由紀夫が自決に至るまでの、原点があるように思うのだ。

私は三島由紀夫がなぜ、あそこまで思い詰めたかの理由を、私なりに考えている。

ある人は狂ったのだと、自決直後に語っている。あるいは森田必勝との情死の場所を、市ヶ谷の自衛隊に求めたのだ、という評論家もいた。「お気の毒に」といった作家もいる。「ナルシシズムに腹が立つ」といった若手作家もいた。すべて三島由紀夫を「先生！」と呼んで、生きている間は尊敬していた人たちである。

それぞれあとになって、これらの気持ちを変えたことも考えられるので、ここではあえて名前を出さないが、私のように身近にいた者からすると、自殺というのは、単純な動機ではなく、いろいろな情況が積み重なるものなのだ、と思う。

そして不思議なことに、一本の「理由」という柱に、それらが凝縮するような気がするのだ。もしかすると、私が話した中にも、いくつかの理由があったかもしれない。

たとえば私は「太宰治との数日間」と「なぜ保田與重郎と知り合いになれたか」という話を、彼と長い時間交わしている。私にはわからないが、彼にとって、これが刺激になったかもしれないのだ。

しかし、ここで不明を恥じつつ断っておくと、私は当初、彼が死を選ぶとは、これっぽっちも思っていなかった。三島さんともっとも親しかった評論家の村松剛は「死ということばを、三島氏がしきりに口にするようになったのは、昭和四十二年（1967）頃からだっ

た と思う」と、ある原稿に書いているが、私も賛成だ。

恐らくこれが正解だと思う。

村松剛さんは三島由紀夫の親友として、互いに本音を語り合っていたことで、よく知られている。特に三島さんは、自分より四歳年下の村松剛の冷静さを尊敬していたように思う。

誰でもわかると思うが、三島さんは激情家であり、山羊座の特徴をすべて持っている、といっていいかもしれない。山羊座の性格には幅広い教養、努力家で計画的、誤解を与えやすい、全体を総括できる、論理的な話術などが挙げられるが、これらのすべてを持っていた、といっていいだろう。

そして決断したら、絶対あとには引かない。この年、昭和四十二年の年譜を見てみると、空手の稽古を始めている。剣道につづいて、なんとなく身体に動きが出てきているようだ。

さらに陸上自衛隊に一ヶ月半ほど体験入隊している。

また切腹の作法を説く『葉隠入門』を書き、評論家の福田恆存《つねあり》と「文武両道の死の言葉」について対談している。

太宰治の思い出と三島由紀夫

三島さんは、私が太宰治と覚しき男と数日間過ごした、と話したときは、オーバーに長椅子の上で、引っくり返るほどの驚きを示した。

「ともかく早く話せ」というのだ。しかし私は「人違いかもしれませんよ」と、再三断りながら、その数日間の異常な体験談を話し出したのだ。念のためにいうと、太宰治も日本浪曼派の一員であり、同人誌にも寄稿している。

日本が戦争に敗れて、まだ多くの大都市が、ほとんど壊滅状態になっていた昭和二十一年冬のことだった。私は疎開先の千葉県成東《なるとう》町の旧制中学四年生だった。

両手の指の間に皮膚病ができてしまい、医者から温泉療法をすすめられた。戦争に負けるとは悲惨なもので、簡単な皮膚病を治す薬さえ、医師の手元にないのだ。このままでは両手が使えなくなるというので、硫黄泉を探したのだが、それが神奈川県の芦之湯温泉だった。

当時二軒しかない、そのうちの一軒の旅館に一週間ほど逗留《とうりゅう》したのだが、中学生がたった一人で、ひたすら湯に入りつづける姿は、異様なものだったろう。この敗戦後の時期に、温泉に長逗留する客の姿はほとんどなかった。

そんなある日、何回か風呂の中で一緒になっていた中年男性から、声をかけられたのだった。

「きみは一人で、何をしにこの旅館に来ているのか？」

というのである。それは当然の疑問だった。家族なしに十代の子どもが、毎日温泉に浸かっているのだから。

こうして私は、その男の部屋に連れて行かれたのだったが、出迎えてくれたのは一人の女性だった。その女性も退屈していたのだろう。私を歓迎してくれて、結局四日間ほど、その部屋に午後の風呂に入ると、遊びにいっていたのだった。

ここで今でも覚えているのは、彼はふとんの上に寝そべりながら、私にさまざまな話をさせていたことだった。私は彼の身体が、どこか悪いのだと思ってしまった。

それに部屋の名札の客名は忘れてしまったが、太宰ではなかったことだけは、たしかだ。なぜなら、その頃の私は文学少年であり、太宰治の名前はよく知っていたからだ。ではその後、私がなぜその男が太宰治と思ったかというと、その二年後に新聞に出た、一人の作家の心中事件の写真が、非常に似ていたからだった。

それが山崎富栄という女性と心中した太宰治だった。私は「あの男だ！」と直観的に信じていたのだった。

しかし、それだけだったら私の強烈な記憶に残らないし、三島さんに話す気はなかった。むしろこれからが、私が彼に話したい内容だったし、事実、彼は一膝も二膝も乗り出してきたのだった。

昭和二十八年（1953）、二十二歳になった私は光文社に入り、「面白倶楽部」という、大衆小説雑誌の編集者になっていた。

この時期、私は芥川賞を受賞したばかりの松本清張と五味康祐という、二人の新人に夢中だった。五味康祐の受賞作『喪神』は三十枚の短篇であったが、その名文に、私は呆然としていた。五味は三十一歳だった。この短篇を書いたときは二十九歳である。

初対面の日、なぜ二十九歳で、こんな完成した文章が書けたかを五味康祐さんに訊いて、初めて彼の師である保田與重郎の名を知ったのだった。

ここまで話したとき、保田與重郎の名が出てきたことに、三島さんは非常に驚いたのだ。さらに私がその後、保田先生の鞄持ちになっていたことに、目を丸くしっぱなしだった。

三島さんの思想の根源をいうのはむずかしい。それについて多くの方々が論じているし、その通りだと思う。私は評論家ではなく、編集者なので、それらの評論を読み聴く立場であり、まとめる役でもある。

ところがそんな編集者が、自分が十七歳のとき同人となった日本浪曼派とつながり、その上リーダーの鞄まで持ち運んでいたことに、三島さんは目を丸くしたのだった。

私が会った男が、本当に太宰治だったのか、その真相が知りたくて、太宰の親友だった伊馬春部先生を訪ねたという話も、彼にとっては驚きだったようだ。伊馬春部も日本浪曼派の有力な同人だったからだ。ここで同派で戦後に活躍したメンバーを挙げてみよう。

特に指導的立場に立ったのが、評論家の亀井勝一郎であり、中谷孝雄、伊馬春部、太宰治、中河与一、駒田信二など、当時の売れっ子作家たちが中心メンバーだった。

さらにこの周辺に、蓮田善明《ぜんめい》、中原中也《ちゅうや》、三島由紀夫がいた構図になっている。

ここで念のためにいうと、戦後は左翼文学の株が急上昇したため、この日本浪曼派は、散々に叩かれている。こんな皇室観を持っている極右の文学者がいたから、大東亜戦争になってしまったのだ、という論がまかり通り、それが、三島の怒りの源泉になっていたのだ、と私は思っている。

いま社会の中心になっている人々には、わかりにくいかもしれないが、あの太平洋戦争に対する多くの人々の考え方は、当時、学校を卒業した年度によって、大きく変わっている。

というのは、一年異なれば、兵隊にならなくても済んだし、特攻隊にも行かなかったからだ。私の世代は、最年少で将来の幹部候補生になる、陸軍幼年学校に進めた最後の年齢だった。それもあって、私の一年あとくらいに生まれた後輩は、左翼に傾倒している。

しかし私は中学二年のときから、陸軍配属将校に鍛えられて、日本刀を持たされてきた。段位はまったく持っていないが、刀剣に関する知識は豊富で、いわば日本精神を胸に蔵する最後の右翼的世代かもしれない。

私は作家に作品をお願いに上がるときは、必ず「この人とはこの一点で話が合う」という話題を持っていた。それだけ先に研究してから伺うのだ。その自信がなければ、本当に熱のこもった作品はできないという気持ちがあったのだ。

芥川賞を受賞した五味康祐という作家に目をつけたのも、彼が戦後初めて、日本刀を主題にして小説を書いた作家だったからだ。

話は次から次へと飛躍するが、しかしこれらの話は、すべて日本浪曼派へと帰っていき、三島由紀夫と重なり合ってくる。もうこれは誰でも知っているように、三島さんは最後に腹を切り、楯の会学生長の森田必勝によって首を斬られている。

しかし、このとき森田は二太刀を振るったが、うまく斬り落とせなかった。それほど日本刀を使うのはむずかしい。結局、古式通り首の皮一枚残して斬ったのは古賀浩靖だった。五味康祐は保田與重郎の書生をしているとき、日本刀をよく学んでいる。そしてこれはあまり知られていないところだが、五味康祐は昭和二十七年の頃から、日本刀の復活を予見していた作家だった。

戦後の日本は、マッカーサー司令部により「刀剣所持禁止」を命令され、全国民から軍刀を含む日本刀を百万本以上提出させたほどだ。これにより日本の名刀は、ほとんど米国人に捲《ま》き上げられてしまった。さらに刀剣を扱う小説も映画も、すべて禁止されてしまったのだ。

ところが日本を支配していたマッカーサー元帥は、朝鮮戦争で本国と意見が合わず、時の大統領トルーマンによって、突然解任されてしまったのだ。昭和二十六年（1951）四月のことだった。これにより、マッカーサーの命令はほとんど解除され、日本映画は、刀剣を使った時代物映画やチャンバラ映画が、陽の目を見るようになっていくことになった。

日本浪曼派の伝統への回帰

五味康祐の『喪神』は、そんな雰囲気の中から生まれた、初めての剣士もの小説といっていいかもしれない。まさに日本浪曼派の「伝統への回帰」思想そのものだった。

三島由紀夫が剣道を始めたのは、昭和三十三年（1958）頃といわれている。私は剣道、あるいは刀剣についての三島さんの知識あるいは憧憬は、もっと早い頃から始まったと思っている。

彼は二十代の頃、肉体についての自信がなかった。そこで、さまざまな方法で肉体を鍛え、すばらしい筋骨の体になっていったが、さらに死を迎える当日まで、肉体を鍛えていたのではなかろうか。それについてはあとの章で触れるが、ともかく竹刀、あるいは日本刀を使うには、基礎体力がなければ叶うことではない。

そこで、肉体を鍛える行動と習慣を先に始め、剣道はある程度体力のついた、三十三歳頃から始めたのではないかと、私は思っている。

その点、五味康祐の一連の剣豪小説は、三島さんにとって一つの標的だったかもしれない。

私が五味康祐の才能を発見し、伸ばした編集者ということは、三島さんはまったく知らなかったが、保田先生が、その五味の文才を愛し、媒酌の役まで引き受けたことを、私が語ったとき、三島さんの胸中には、私にある一つの役目を引き受けさせよう、という計画

いこう。

それについては、追い追い書いていが持ち上がったようだ。

それは知り合ってから、ほぼ六年後のことだった。それについては、追い追い書いていこう。

三島由紀夫はむやみに人を信用しなかった。その代わり一度信用すると、とことんつき合うタイプだったと思う。

それがなぜわかるかというと、新しい友人、知人がそれほどふえないからだ。

というより、あの時期は新しい友人、知人を無理にふやそうとしなかったのではあるまいか？　友人になりたがった人たちは、それこそ無数にいただろう。しかし友人になるには、三島さんの思想を理解し、相当レベルの高い話を交わせなければならなかった。

私の場合も初対面で「文学について話すな」と、釘を刺されている。このことは「櫻井君の年齢、あるいはレベルでは俺の文学が読み解けない」という親切心と、もう一つ若い女性誌を編集している立場を考えてくれて「小説ではなくエッセイのほうがいいぞ」というアドバイスをしてくれたようにも思うのだ。

こうして私は彼の担当者、あるいは友人のどん尻に加えてもらったのだ。ところが、思いがけないことに、年齢は一番若い世代なのに、彼の周りの知人、友人たちより、実体験で戦中文学者、戦後文学者を知っているだけでなく、かつての師匠とつき合っている現実に、三島さんは大喜びだった。

それに戦後の昭和四十年（1965）前後というと、小説雑誌が人気で、日本経済の発展と共に、どちらかというと、私小説を含む遊びタイプの作品や作家が多かった。

いわゆる銀座ホステスものや芸者ものが人気を集めていたので、女性誌の編集者ともなると、軟派の遊び人なのではないか、という先走った印象を持っていたのかもしれない。

ところが、前述したように、その頃すでにほとんど誰もが忘れていたラジオ作家の伊馬春部の名前まで、太宰治の親友として出てきたのだ。

三島さんは、自分より年齢の上の人間でないと出てこない名前をスラスラと出した私という若い編集者に、思いがけない喜びを持ったのだろう。

また私が伊馬春部を訪ねた折、先生は、「きみは疑ってはいけない。きみが会ったその男は間違いなく太宰治だったのだよ。太宰は、きみの胸の中で生きているのだ」といって、私を玄関先まで見送ってくれたというところまで話すと、三島さんは手を叩いて、

「面白い。その通りだ。太宰は君の胸の中に生きているのだ」

と、わがことのように喜んだほどだった。

実際には、あとになって知ったのだが、三島由紀夫は太宰治にそれほどいい感じを持っていなかった。にもかかわらず、小説的というかドラマチックな展開が気に入ったのかもしれない。

誰でもそうだと思うが、自分が深く関わった事柄でも、第三者から話されると、また違った興味を抱くものらしい。それまでの三島さんは、日本浪曼派の話をする場面では、自分が説明しながら話さなければならない立場だった。そうなると、結構億劫なもので、話すより作品を読んでくれ、という気になるものだ。

伊馬春部は同じ日本浪曼派でも、話さなければならないことは、ほとんどないが、蓮田善明となると、まったく違ってくる。

私は三島由紀夫という作家は、蓮田善明という人間的な師を得たことで、花開いたと思っているし、三島由紀夫自身、蓮田善明がやり残した仕事を「自分がやらなければならない」と思って、書きつづけ、話しつづけ、さらには生きつづけたと思っている。

運命の師、蓮田善明と清水文雄

蓮田善明という名前を知っている人は、もう少ないだろう。いや、ほとんど知るまい。明治三十七年(1904)の生まれというから、三島さんより二十一歳上となる。

私自身、蓮田善明について、三島さんと話したことは一度もない。返す返すも残念だが、名前だけはしっかり承知していた。というのも日本浪曼派の中で、最初にみごとな死を遂げた作家だったからである。

私の心の中では日本浪曼派に一度でも属した人は、いつか自死を選ぶのではないか、あるいは死というものを、ほとんど怖れていない、という気持ちがしている。私にとって、その最初の作家が太宰治だった。

その後、日本浪曼派に属する五味康祐や檀一雄と知り合い、いろいろ勉強していくうちに、蓮田善明という名前を知ったのだった。彼は死ななくてもよかったにもかかわらず、みごとな最期を遂げている。

三島にとって、この蓮田善明こそ最初の文学の師といっていいだろう。三島の処女作『花ざかりの森』は、蓮田が主宰していた「文藝文化」に四回にわたって連載したものだった。昭和十六年（1941）九月号から十二月号までの連載だが、三島が十六歳の作品だ。

私はこの作品を大学三年、二十歳のとき読んで、息もできないほど驚いたのを覚えている。敗戦後六年たって、雲井書店という出版社からこの作品は出たもので、いわばこれが、一般人が三島由紀夫という作家を知った初めての本だったのではあるまいか。

敗戦後のことで、粗悪な紙と製本でつくられたこの本は、いま粗末な形で私の書棚に入っている。

戦時中に出た初の作品のとき、学習院で国文を教えていた清水文雄先生が、本名の平岡公威ではなく、三島由紀夫という文名を贈っている。

なにしろ三島は学習院中等科で、学年二番の成績だった。当時の作文を読んでみても、現代人では読めないような難解な文章が書かれている。もちろん当時は中学生でも、名文が書けるほど、幼少時から教育を受けていた人々が多いので、三島もその中の一人の天才少年だったのだ。

それにしても、十六歳で小説を書ける才能は尋常ではない。

三島由紀夫の祖父の平岡定太郎は元樺太《からふと》庁長官だった。その息子、つまり父親は、元農林省の水産局長だったが、この二人に文才があったのだろうか？　それとも祖母夏子の血筋とも考えられる。祖母の祖父は、江戸幕府で有名な永井玄蕃頭尚志《げんばのかみなおむね》（若年寄格・外国奉行）である。

永井玄蕃頭の血筋を引いた男に、かつての私の部下の永井君がいた。「微笑」編集長になったが、玄蕃頭に文才があったのかもしれない。

この玄蕃頭は非常な変人で、夕食を済ませたら、そのままそこで早朝まで家族一同、寝てしまえ、という考えだったという。そのため食事のあと、そこでみんなが一緒に寝られるように、長い枕が用意されていた。その伝統が永井君の家にも伝わっていた。

それだけではない。永井家には車を買うなら、最高級の名車にせよ、という家訓もあり、彼自身それを実行していた。「売るときに損はしない」という考えだった。

私は、もしかすると、三島さんにもこの性格がつながっていたのではないか、と思うのだ。三島邸の豪華な造り方、みごとな絵画の蒐《あつ》め方も見ていると、永井玄蕃頭の血筋が脈々と伝わっていると思ってしまう。

蓮田善明にしても、清水文雄先生にしても、この希有の才能を持った少年を心から愛していたのだろう。三島にとって幸運だったのは、清水文雄先生に学習院で巡り合ったことだった。

蓮田と清水は旧制広島文理大（現在の広島大）の後輩と先輩の仲だった。蓮田が旧制成城高校の教授になったとき、先輩として同校で教えていた清水が学習院に転任し、偶然、三島の師になった。

蛟竜《こうりょう》が池から昇り、竜となるときは、偶然の幸運が起こるものだ。三島さんの場合も清水文雄先生との巡り合いが、出版とつながる蓮田善明に引き合わされ、処女作を発表する、という幸運をつくり上げていく。

それだけではない。この蓮田善明から日本浪曼派の幹事たちを紹介され、同人同様の位置に座ることになっただけでなく、希有の文章家、保田與重郎からも、その才能を認められるようになっていったのだ。

のちに、この人脈が私と一致することになって、三島由紀夫の短い一生の最後の数年間を、共に語らう仲になっていったのである。

さらに三島由紀夫の思想を語るならば、この蓮田善明の生き方の激しさが、彼の人格に投影しているといって過言ではないだろう。

蓮田は昭和十八年（1943）、戦況が傾く中を陸軍中尉として南方に出征した。

この時期にインドネシア、シンガポール、マレー半島などに行くということは、死んで骨となって帰ることを覚悟しなければならなかった。東京で「文藝文化」同人による送別会が行われたが、このとき蓮田は十八歳の三島に、「日本のあとのことをお前に託した」といい遺したという。

十代の三島というか、平岡公威は、恐らく蓮田とがっちり握手したに違いない。しかし「いい遺した」といっても、それは託した側の覚悟と言葉であって、元気で帰還するかもしれないのだ。

三島が本当に蓮田から日本を託された、と思ったのは、この遺言から二年後の、蓮田の衝撃的な死によってではあるまいか?

昭和二十年(1945)、四十一歳の蓮田は、迫撃砲兵大隊の中隊長として、シンガポールに進出していた。ここで敗戦を知ったのだ。蓮田の所属していた熊本歩兵連隊は、陸軍の中でも珍しく、それまでの戦闘で不敗を誇っていた。

その当時、全陸海軍の中で、敗戦を体験していない部隊は、恐らくこの連隊だけかもしれない。というのも、シンガポールは日本軍によって占領され、この時期には、昭南島と日本名に変更され、日本軍の支配下にあったからだ。

ここで天皇の終戦のご詔勅《しょうちょく》を聴いた軍の一部の幹部たちは、万が一、天皇に戦争責任が及ぶなら、独自の行動を取り、板垣征四郎大将(南方方面軍司令官)を戴き、最後の一兵まで戦う、という意気に燃えていた。この中に蓮田中尉も入っていたのだった。

ところが軍の幹部の心は一つ、と思っていたのに、熊本歩兵第十三連隊長の中条豊馬大佐は、抵抗部隊の編成を阻止するため、下士官以下を山上の新王宮に集めて、軍旗告別式を決行し、ここで全員に訓示したのだ。

その訓示は、「敗戦の責任を天皇に帰し、皇軍の前途を誹謗し、日本精神の潰滅を説いたものだった」（鳥越春時大尉）といわれる。

これに若手将校たちは反発したが、中でも蓮田中尉は秘かに、中条大佐を射殺することを考えた。八月十九日、敗戦の日から四日目、前線まで飛行機でやってきた閑院宮春仁《かんいんのみやはるひと》王殿下から、正式な終戦の聖旨の伝達があり、午後からは軍旗を焼却することになっていた。

中条大佐はその軍旗を納めた箱を持つ副官を従えて、車に乗ろうとしたところを蓮田は拳銃で狙い撃った。中条大佐は即死し、蓮田は捕まりそうになったが、みごとにこめかみに拳銃を当て、引き金を引いた。

このとき左手に固く握りしめていたものは「日本のため、やむにやまれず奸賊《かんぞく》を斬り、皇国日本の捨て石となる」という意味の遺歌だったという。

「葉隠」に隠された孤高の決意

蓮田の死が故郷の家族に報告されたのは、昭和二十一年（１９４６）六月だったという。敗戦後の日本は混乱を極めていた。誰が死に、誰が生きているかはまったくわからず、ようやく復員庁ができたのが、偶然にも同じ昭和二十一年六月だった。

それもあって、戦後に「蓮田善明を偲ぶ会」が行われたのは、この年の十一月だった。二十一歳になっていた三島も参加した。

それから二十三年。昭和四十四年（１９６９）十月、中央線沿線の荻窪の料亭「桃山」で、蓮田の二十五回忌が行われた。戦後の日本は三島由紀夫の期待したものとは、大きく異なり、天皇の存在は後退し、自衛隊は自民党の事なかれ主義によって、災害派遣隊となり、学生たちは今あるものを否定し、大学はデモの集合場所になってしまった。

この年の三島由紀夫は、四十四歳になっていた。何をどうするか、決定的な方法までは考えていなかったとしても「何かを決行する」決意だけは固めていたはずだった。

この席上、三島は、

「私も蓮田さんのあの頃の年齢に達した。私の唯一の心のよりどころは蓮田さんであって、いまは何も迷うところも、ためらうこともない」

と挨拶したという。

三島由紀夫にとって昭和四十四年は、死の覚悟を決めた年ではなかったろうか？

というのはその年の五月、東大全共闘との討論集会に出席している。この討論集会は映画になったりテレビ番組で特集されたりしたほどだから、観た人も多かったろうが、このとき彼は「辱《はずかし》めを受けるようだったら、その場で死ぬ」といって、腹に白布を巻き、そこに短刀を差している。

もっとも三島さんは辱めを受けるとは、毛頭考えていなかったろう。討論で負けるとは、一寸、一ミリも考えていなかったろうから。

彼にとって死とは実に簡単なことだったろう。それはすでに葉隠の思想をしっかりと持っていたからだ。「武士道といふは、死ぬ事と見付けたり」は、この「葉隠」の根本思想だが、昭和四十二年に三島さんはこれを一冊に書いた。

私から、同じ光文社の出版部につなげたものだが、私はこの『葉隠入門』こそ、三島さんが覚悟を決めた一冊だと信じている。

そしてそれは前に記したように、村松剛の予見とつながってくる。

この『葉隠入門』のカバーの袖に、三島さんと仲のよかった作家の石原慎太郎が、「三島由紀夫のこと」という一文を書いている。

「この自堕落な時代に多くの男たちは自らを武装することもなく安逸に己《おのれ》の人生を消耗する。自堕落と安逸のうちに男の矜持《きようじ》と尊厳を打ち捨て、士《さむらい》として失格しながらかえりみることもなく。

だがここに一人の男がある。明晰な逆説と皮肉で己を核とした意識の城をきずき、いつも自刃《じじん》をだいて美の臥所《ふしど》に寝ている士がいる。

この知的で、かつ、痴的な乱世に、あるときは金色をまぶした七色の甲冑《かつちゆう》に身を固め、またあるときはまったくの裸身で、変化の妖しい士がいる。
その彼が、いつも手放ずにいる佩刀《はいとう》が『葉隠』である。」

彼がどこまで三島さんのことを深く知っていたかわからないが、このときの石原慎太郎は作家というより、政治家の一歩手前だった。

翌昭和四十三年に参議院議員に初当選し、三島事件の三年後には、反共を旗印にした青嵐会を結成したほどで、三島由紀夫が自死によって、自分の意志を世界に知らしめたように、石原慎太郎は行動によって、日本国民に自分の考えを主張している。

いわば、三島由紀夫という人物を中心にして、多くの友人、仲間たちが、同じ道、同じ方向に目を向けていった時期に当たるかもしれない。

私もこれから述べていくように、なんとなく三島さんの言動に同調しながらも、不安を感じていた。この『葉隠』を書く、書きたいと漏らしたとき、私は特に異常なものを感じたのだった。

第二章

予兆

——三島由紀夫の覚悟の始まり

私は人生から出発の催促を
うけているのであった。
私の人生から？
たとい万一私のそれでなかろうとも、
私は出発し、重い足を前へ
運ばなければならない時期が来ていた。

——『仮面の告白』より

体内に共存する西欧的教養と皇国主義

三島由紀夫という人物は、非常に明るく洗練されている。いま現在、彼とつき合ってきた知人、友人は、ほとんどいなくなっている。元気で活躍している最高齢は、九十八歳の瀬戸内寂聴さんではあるまいか。もっとも期待された若手女優だった村松英子さんでも八十二歳なのだ。

死後五十年という年月は、そう短くない。三島さんより六歳下の私でさえも、間もなく九十歳になろうとしている。私の場合は週刊誌の最年少編集長といわれたが、振り返ってみると、往時茫々《ぼうぼう》で正確に記憶しているとはかぎらない。

ただここでいえることは、この三島さんにかぎらず、誰の場合でも生きている間のつき合いがないと、人間性の一面しか見えてこないものだ。

特に三島由紀夫の場合は、特異な最期を遂げただけに、よく知らない人たちは、非常に右翼的な壮士と思うことが多い。なにしろ剣道をはじめとして、ボディビル、ボクシング、空手などで身体を鍛えているのだ。どうしてもそう見えてしまって不思議ではない。

ところが、彼の場合は、あの有名なビクトリア王朝風の自邸でわかるように、西欧的な教養が基礎になっている。ここが彼のすごいところで、西欧的教養と皇国主義が一つの身体の中に共存しているのだ。

多くの人は、彼の最後の行動で、単純な右翼皇国主義者と考えてしまうのだが、近くでいつもつき合っていた人間は、むしろ西欧的な一面の三島由紀夫を知っているので、とまどってしまうところがある。

間近で彼の行動を見ていた人たちほど、楯の会を「おもちゃの兵隊」視していたように思うのだ。おもちゃの兵隊でなければ、私兵団といってもいいかもしれない。三島由紀夫を正確に理解するには、彼の行動を見るより、作家として書いたものを読まなければならないだろう。

私は三島さんからあることを頼まれたので、この私兵団の兵士と話す機会を持ったが、そういうことでもなければ、この兵士たちとプライベートに話す機会はなかったと思う。また兵士たちは、あちらから、私たちに話しかけることは禁止されていたのだと思う。

ここで気がつくのは、現代の三島愛好者の多くは、もしかすると昭和三十五年（1960）以後の、彼の作品なり行動の熱狂的ファンなのではなかろうか？　この年は彼にとっても日本にとっても、大きな節目の年になっている。

つまり60年安保によって、日本全体が異常な興奮に包まれ、三島由紀夫自身も、ほぼこの年から大きく変わっていったのだ。たとえば昭和三十六年（1961）初めには、二・二六事件に材を取った短篇「憂国」が書かれている。

この「憂国」は自作自演で昭和四十年（1965）に映画化されているが、日本で一般公開されたのは翌年四十一年四月である。

私はこの小説を、彼の短篇の中の最高傑作と思っている。昭和十一年（1936）二月二十六日に起こった「二・二六事件」を下敷きに、忠義と死、そして割腹自殺が克明に描かれている。

この事件は青年将校らが決起したもので、昭和天皇まで鎮圧のため出馬しようとしたほどだが、日本はこれを境に坂道を転げ落ちていくのであった。

二・二六事件については、『英霊の聲』と戯曲『十日の菊』にも使われているが、この事件が、三島由紀夫の大きなテーマになったところに、のちの割腹自殺の遠因が潜んでいたような気がする。

そして現在の多くの読者も、これらの作品が彼の死とつながっていると思うところから、現在彼が、日本精神復活のヒーローになっているのではあるまいか。

そう考えると、私が初めて彼の邸を訪ねたとき、

「櫻井君、きみは文学の話を出すな」

といった理由のもう一つの意味が見えてくる。

この時期は、彼にとって、作品も行動も大きく変わりつつある転換期だったのだ。

私の仲間には作家というものを、さまざまな角度から研究している人が何人もいる。その中で一人の経済学者は、こういう疑問を呈するのだ。

彼の年齢で、あれだけ豪華な邸宅を建て、百人の私兵を抱えるのは、並大抵の収入ではできないのではないか？　もしかすると、相当早い時期から経済的に考えて、死を決意し

ていたのではないか。

いわれてみると、常識的には「なるほど」という気がする。しかし日本でも五本の指に入る大作家が、経済的に行き詰まるような計画を立てるわけがない。たしかに経済人に援助を依頼したが、断られている。しかしそれでも継続できたのだ。

また陰に女性がいたわけではないし、毎晩飲みに出かけたわけでもない。川端康成のように、書画骨董に凝ったこともないし、作品量としては、この若さで日本一だったと思う。

ただ当時の作家の多くは、出版社に寄稿料、印税の先払いを依頼してくることが普通だった。私はそのたびに経理に懇願して、融通してもらうのだったが、三島さんはまったくそんなタイプではなかった。

それより三島さんの収入は、日本での出版点数だけ数えたのでは間違いが起こる。世界的に翻訳され、それがベストセラーにもなっていたのだ。

もしかすると私が三島邸を訪ねた時期は、そろそろ文学と行動の両面作戦に本気で踏み切ろう、と考えていた時期かもしれない。

つまり「あまり文学の話をしてくれるな。作品数が少なくなるけれど、それについても口を出すな」という意味もあったのかもしれない。三島由紀夫という男の頭の回転速度は、尋常ではない。学習院高等科を首席で卒業し、東京帝大（現・東京大学）法学部に推薦で入ったほどなのだ。

それだけでない。卒業と同時に旧制の高等文官試験に合格し、大蔵省の銀行局に入省している。さらに一年後の二十三歳で退職。書き下ろしの長篇『仮面の告白』を起稿し、翌年七月には、河出書房から出版している。まぶしいほどの才能のきらめきといっていいだろう。

三島由紀夫の創作ノート

私は多くの作家とつき合ってきたので、それぞれの創作の過程を見てきた。作家によっては、大長篇であっても創作ノートを持っていない人もいる。その点三島由紀夫の場合は、創作ノートがきっちり残されている。まさに法学部出身といっていい綿密なものだが、私

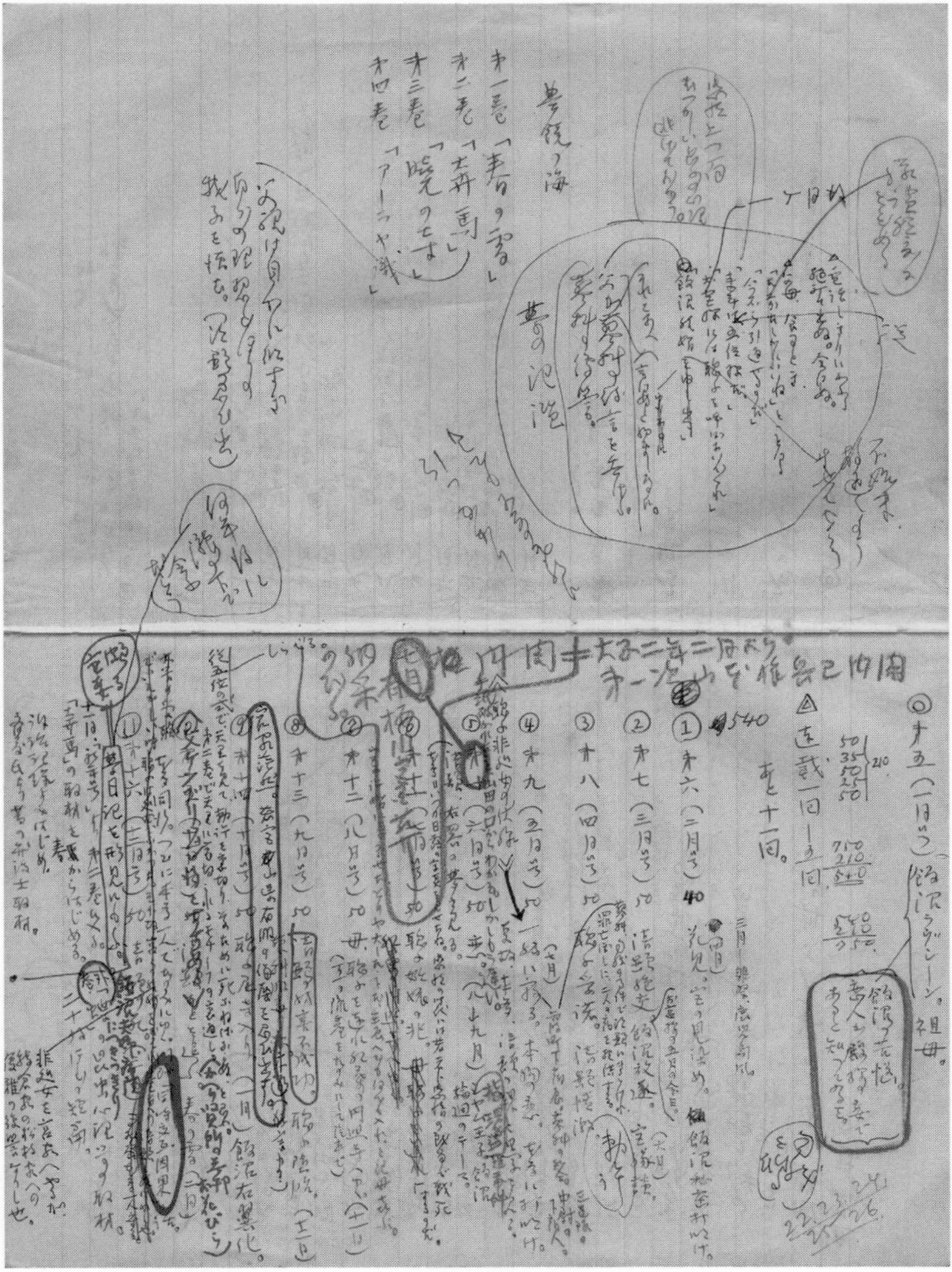

『春の雪』創作ノート「大長篇ノオト（尼寺）」

〇写真提供＝山中湖文学の森・三島由紀夫文学館

はこの三島ノートに敵うほどの作家のノートを、見たことがない。

これを見ただけで、三島さんは人生をきっちり計算していたことがわかる。しかし、小説というものは、きっちりでき上がったから傑作というものではない。まじめ一辺倒の人がすばらしい人物とはかぎらない、というのと似ている。

しかし三島文学は、実にきっちり綿密に計算されて書かれていながら、面白いだけでなく、強い感動を呼ぶ。それはなぜかというと、テーマが他の作家の考えもつかない視点から、次から次へと出ているからなのだ。

同性愛、宇宙人、UFO、姦通、殉国、肉体の劣等感、転生……一作毎に目を見張るような瞠目性《どうもくせい》があるのだ。それも多くの同時代人の共通した興味を、みごとに射貫いている。

作家の多くは、自分が書きたいテーマを書く。ベストセラーになったということは、たまたまそのテーマが、多くの読者を獲得したにすぎない。またベストセラー作家といわれる人たちの作品は、よく読まれた作品に似た構図を持つものが、次々に発表されることが多い。

だから出版社もかぎられることになり、そうなると、つき合う編集者も似てきて、最終的に同じような匂いのする作品群になってしまう。

ところが三島さんはまったく違う。書きたいテーマを書くのではなく、いま何を書いたら面白いかを考えるのだ。さらに毎回、ジャーナリスティックなセンスを生かして、世間や社会で話題、問題になっているテーマを選ぶのだ。

そうなると、さまざまな路線の出版社の編集者がやってくる。もっとも若い時代には、「群像」「人間」「文学界」といった純文芸誌から始まって、「婦人公論」「別冊文藝春秋」「婦人朝日」「オール讀物」「小説新潮」など、一般月刊誌に移っていく。

つまり短篇やエッセイが中心になるのだが、そのあとは純文芸の単行本を主として、河出書房、新潮社、文藝春秋、中央公論など一流文芸出版社の編集者とつき合っている。

さらにそのあとは女性月刊誌、女性週刊誌を持つ講談社、小学館、主婦と生活社、光文社、婦人画報社がつづくのだが、これは小説、エッセイだけでなく、芝居、演劇などを広めるためにも重要になる。

私は現在、出版界でもっとも長い経歴を持つ現役編集者だが、これだけ広い友人関係を持った作家は、一人としていないと断言できる。それも三島由紀夫の場合は四十五歳までに、この広がりをつくったのだ。

これは若い人たちの話題や社会知識の自信がなくては無理だし、むずかしい。たまたま私は、三島さんとノーベル文学賞を争った川端康成先生と、非常に濃い晩年の数年間を過ごしたが、それができた理由は、私が週刊誌の三行記事やテレビの話題の裏、皇室内部の美智子妃殿下（現・上皇后）の状況などを教えたからだった。

川端先生としては、自分の作品のためにも、そういった社会の流れや話題を知りたかったのだが、先生のお宅に伺う人は高齢の一流人ばかりで、本当に知りたい話を誰からも聞けなかったのだ。

私は川端先生の自殺の原因と思われる「ある出来事」を知っているが、もし私があと数年早く、先生と知り合っていたら、その危険性を察知できたかもしれないし、解決法を話すこともできたと思っている。

文豪といわれる人ほど、世間がわからなくなっているものなのだ。先生は、自分で解決しなければならないと思い込み、それができなかったことで、悲劇を呼んでしまったのだ。

あるとき私は、川端先生に何気なく、

「有名ホテルのドアマンには、どんな有名人カップルが泊まるかを知るために、週刊誌からお小遣いを渡してあるのですよ」

と話したところ、あの大きな目をさらに見開いて、「そうなの？」と驚いていたことを思い出す。そういった裏話には、まったくのウブだったのだ。

三島さんはその点、いま社会がどう動き、人心がどういうテーマを書けば、動くか、驚くかをよく知っていた。だから他の作家とまったく異なる知識や話題を持っていたし、またどんなテーマや出来事であろうとも、三島由紀夫という刃にかかれば、みごとな料理になってしまうのだった。

新しい不道徳の時代

私が三島さんに書かせたかったテーマは「新しい不道徳」だった。昭和三十三年

（1958）から翌年にかけて、集英社「週刊明星」に連載された『不道徳教育講座』は、その当時の道徳教育に対するアンチテーゼだった。

それに対し、その後の若者たちの中で、特に学生は学ばず、毎日デモを繰り返すだけの日常だった。私の知り合いの大学の学生は、毎日ナイフを磨いて、警察官を刺す練習をしていたという。果してこれが国立大学の学生なのかと、愕然としたが、こんな時代の道徳、不道徳を書いてほしかったのだ。

『不道徳教育講座』は私の編集の師匠ともいうべき、集英社の本郷保雄専務の考えたもので「週刊明星」創刊の目玉連載だった。また、非常に好評だった。

本郷さんは東京外語のロシア語出身で、私の大先輩だった。戦前の「主婦之友」編集長時代に愛国婦人を鼓舞したという理由で、マッカーサーから追放されたのだが、この頃は解除されて、集英社に招かれていたのだ。

三島さんが私を一発で気に入ってくれた理由の一つが、本郷さんの弟子だ、というものだった。この日三島さんは、本郷さんがこの連載を頼みに来た日の模様を、芝居もどきで再現して私を笑わせた。

本郷さんはおもむろに高級そうな風呂敷包みを、三島さんに渡し、じゅうたんの上に正座し、「あとはよろしく」と挨拶して帰っていったのだという。中には挨拶料か原稿料の前払いかわからないが、ある金額が入っていたというのだ。

もちろんその金額を彼は私に話しているが、

「本郷さんはまれに見る名優だよ」

と、大声で笑いながら、一人で「うんうん」と頷いていた。私からすると、本郷さんを彷彿とさせる三島さんの芝居もどきの演技こそ、名優だと思う一幕だった。

三島さんは他の小説家と違って、言葉だけでなく、同時に身体も動いてしまうのだ。つまりは原稿の活字で主人公を表すだけでなく、動作によって主人公をつくり上げていく、といっていいいかもしれない。

この三島由紀夫と非常に似ていたのが、推理作家の松本清張だった。清張さんは私に、これから書く作品の内容を話すとき、会話体まで再現する。

たとえば主人公二人が話しているとすると、聞いている私は、男女どちらの言葉なのか返事なのか、わからなくなってくる。すると清張さんは自然体で、女性の声色になっていくのだ。

だから聞いていても、小説の筋が素直に頭に入ってくる。三島さんはそれが体の動きになるのだが、二人ともこちらは、ドラマを観たり聞いたりしている雰囲気になる。

清張さんは霧プロというプロダクションをつくり、自作のテレビドラマをここで制作していったが、三島さんは昭和四十三年（1968）、松浦竹夫、中村伸郎らと「浪曼劇場」を結成し、ここを本拠として、積極的に芝居の世界に入っていった。

旗揚げ公演は三島由紀夫書き下ろしの「わが友ヒットラー」と「サド侯爵夫人」（再演）の交互上演で、その後も彼の原作を舞台化していった。

三島さんはこの時期、さまざまな点から迷っていた、と思う。私の提案も興味があるようだったが「しばらく考えさせてくれ」と、次回に決めよう、ということになった。

そして、三島さんから出たのが「おわりの美学」というテーマだった。正直なところテーマとして「面白い」と直観した。それというのも、女性の多くは「愛のおわり」を経験している。あるいはこれから経験する人もいるだろうが、男より女性のほうが「おわり」という文字に敏感なのだ。

私は女性心理の専門家でもあるので「このテーマでいきましょう！」と、即決した。あとは連載をいつから始めるか、連載を何回にするかという具体的な話になったのだが、ここで問題が起こったのだった。

丁度キリのいいところで「新年号（昭和四十二年）からスタートしたい」とお願いしたのだが、「それはいい。では第一回目は〝自殺のおわり〟から始めよう」というではないか！

私はあわてて、

「先生、新年号から〝自殺のおわり〟では、読者もいやでしょうし、私も新年から不吉なので、それだけはやめてほしいのですが」

これに対して三島さんは、がんとして自説を通すかと思ったのだが、思いがけなくそれほど揉めずに「ではそうしよう」となった。

しかし、彼の自殺一ヶ月前の、昭和四十五年十月十五日付けで文藝春秋から出版された『行動学入門』の「あとがき」によると（この中に「おわりの美学」も収められている）、「〝あいつはあんな形で、こういうことを言いたかったんだな〟という暗喩をさとってくれるかもしれない」と述べている。

となると「自殺のおわり」を書かせなかったのは、私の間違いだったと思えてくる。もっとも、三島さんも「書くべきかどうか」迷っていたのかもしれない。というのも、彼と連載の件を話していた昭和四十年秋は、自殺の年から数えて五年前になる。

死への疾走が始まった

それこそこの年は、自宅に三階を増築した年でもあり、死を決意していたとは、どうしても思えないのである。

これは、スポーツ関係者に訊いても、身体を鍛えようとするときは、勝ちたい気持ち、負けたくない心が前提になっており、自殺はいわば敗北なので、最初から自死を望んでいたとは思えない、というのだ。

百歩譲って自死を考えたとしても、まだうっすらとした願望ではなかったか？

三島由紀夫が本当に信じるたった一人の心の友は、村松剛だったと思う。村松は学生の甘ったれ根性を、きびしく批判した大学教授の一人だった。立教大学教授のときは、大衆団交を認めた教授会に反発し、懲戒免職になっているほどだ。

それだけに三島は、心から村松剛を信じていたのだった。またお互い、信じ合っていたと、傍目にも、そう思えるのだった。

この剛さんが、三島由紀夫の自死から二十日後の十二月十五日までに書いた原稿がある。親しかった友人、知人だけに贈った限定版で、私には手渡しだったが「限定参拾部・内第廿八番」となっている。文藝春秋が造本したものだが、実際、特別な装幀なので、翌四十六年五月にでき上がったものだ。

この原稿は「死への疾走」という題名になっているが、

「死ということばを、三島氏がしきりに口にするようになったのは、昭和四十二年頃からだったと思う」

という出だしの文章になっている。

それこそこの文章をここに全文書き写せば、三島由紀夫の死について、勝手に論じている人々を黙らせることができようが、村松剛さん自身も、あの世の人になっているので、それは叶わない。

さらに村松剛によると、

「三島氏がそれまで多少は考えていた斬死の案をやめ、正式に切腹を決意したのは、氏の言動やその他の記録から考えあわせると、同年（昭和四十五年）の六月である。六月に氏は、もう芝居は書かないと言明し、財産の問題についての遺書を辯護士に託した。七月には子供をつれてアメリカのディズニィ・ランドに行こうと、突然いい出したという。ディズニィ・ランドに連れていくということは、まえまえからの約束だった」

これでわかるように、三島さんは昭和四十二年（１９６７）頃からたっぷり三年かけて、身辺を整理しながら「死」という到達点に向かって歩き出したと思われる。偶然かもしれないが、「女性自身」の連載は昭和四十一年から始まったので、その頃から私は三島邸に通い始めたことになる。

もしかすると、氏の周りにいる友人、知人たちではできない役を、私という男にさせよ

う と思ったのかもしれない。というのも、友人たちはそれぞれの世界では第一人者かもしれないが、どちらかというと、男性的なタイプが多かった。

議論をするには適していたかもしれないが、女性と遊んだり、おしゃべりするのに適した男は、ほとんどいなかったように思う。それは当然で、すでにその世界では一流になった男たちばかりであり、依頼され、懇願されることは多くても、自分から何か女性たちに頼むような真似はできなかっただろう。

その点、三島さんの目は鋭く、友人一人ひとりの長所や欠点を見抜いていたように思われる。私が先生のお宅に伺うと、必ずといっていいくらい、夫人がしばらくの間、同席するのだ。

そして私と夫人が雑談を交わしているのを、とてもうれしそうに見ているだけだった。昭和四十年以降、三島さんはさまざまなことを考えなければならなかっただけに、少しの時間でも夫人を楽しませてくれるなら、誰かに任せておきたかったのかもしれない。

そんな相手が私だけなのか、どの客ともそうだったのかは知らない。ほかの客と鉢合わせになったことは、一度もないからだ。その点、彼の時間の使い方はみごとだった。

ここで付け加えるならば、三島由紀夫の仲人を務めた川端康成先生のお宅でも、似たような状況だった。

一流作家の奥さんは、意外にもにぎやかな方が多い。明るいのだ。私がつき合った作家の奥さん方は、ほとんど話し好きで、大きな笑い声を立てる。

三島夫人もそうだったし、松本清張夫人も明るかった。川端康成先生の奥様も私が行くと、先生と一緒に座った。私の話が他の編集者と比べると、ケタ違いに面白かったらしい。他の出版社では部長、局長クラス、時には社長がやってくるので、夫人たちには、何の面白味もなかったのだろう。

川端先生の奥様は、

「流行を教えてやってくださいね」

と、私の話に笑顔で合槌を打ちながら、そんなことをいわれるのだった。私は頷き、若い女性編集者を連れて行ったこともあったが、川端先生は彼女の最新のファッションに目を見張り、私は面目を果したような気持ちがした。

「毎週月曜日の午前中、ジムに通おう」

私の場合は、三島由紀夫が丁度動き出そうとする寸前に、彼と知り合ったのかもしれない。

最初のうちは、遊び友だちのような会話がつづいた。私が六歳下なので、教えるにしてもからかうにしても、手頃だったのかもしれない。

原稿の担当は児玉隆也という若い編集者にしたのだが、彼はのちに独立して『田中金脈の研究――淋しき越山会の女王』を、世に問うたほどの優れた男だった。三島さんのひと回り下だったので、当時はまだ二十代だった。

三島さんのお相手としては、さすがに少し若すぎたので、しばらくの間は勉強させていただいている感じだったが、その分、三島さんの変化がよくわかるようだった。

この児玉君の毎週の報告で、三島さんが昭和四十年（1965）以降、外で何をしているのか、家で何を考えているのかが、よくわかってきた。実際、学習研究社の『三島由紀夫』（人と文学シリーズ）、新潮社の『グラフィカ三島由紀夫』の年譜を見ても、昭和四十年から急速に活動がふえ、昭和四十三年がピークになっている。

これは何を意味するのだろうか？

実は昭和四十二年（1967）の一月、私は三島さんから「ちょっと来てもらえないか」と、電話をもらっている。

丁度『三島レター教室・手紙の輪舞』の連載中でもあったので、その話かと思って気軽に行ったのだが、ここで思いがけないことを頼まれてしまったのだ。

「櫻井君は昔の俺のように、ヒョロヒョロの身体をしている。少し鍛えたほうがいい。毎週月曜日に、俺と一緒にジムに行かないか」

私はそれまで高校時代のバレーボール以外、身体を動かしたことがないので、びっくりしてしまった。しかし三島さんとジムに行けるのは悪いことではない。

よく話を聞いてみると「毎週月曜日の午前十時半頃から後楽園ジムでやろう」という。ところが生憎、毎週月曜日はどうしても外せない幹部会議が入っている。

「社長に頼んでみます」

「そうしてくれ」

彼はそのとき、シャツを脱いで裸体になって見せたのだが、私からすれば、すばらしい筋肉がついているように思った。

しかし彼自身は前年の「憂国」の映画化で、「まだまだ」という気になっていたようだ。私にはよくわからないが、胸が割れるには、大胸筋を鍛えなければならないらしい。たしかにこの映画では、作家にしてはいい肉体をしているが、作家という肩書を外せば、誇れるほどではなかったのだろう。

実際、同じ昭和四十一年十一月に、東京・日生劇場で自作の「アラビアン・ナイト」にも出演しているが、舞台上で見るとたしかに、完成された肉体とはいいがたかったことを覚えている。

しかしこの三島さんのせっかくの好意は、社長の許可が下りなかった。半年も一年も幹部会議に出ないとなると、編集長を一時交代しなくてはならないというのだ。それは会社としてもできないし、「ここは三島先生に丁重にお断りしてくれないか」というのである。

結局「担当の児玉隆也なら、編集長裁断で構わない」ということになって、三島さんにはそうお願いしたのだが、これには後日談がある。

一年後の一月のある日、三島さんから突然、夕方に電話が入ったのだ。いつも電話があるときは、ほとんど昼前後だった。これも彼の優しさだと思うのだが、私が編集部で電話を取りやすい時間にかけてくるのだ。

たしかに夕方には出かけていることが多いので、午前中のほうが間違いない。ところがこの日だけはなぜか、薄暗くなってからかけてきたので、不審に思ったことを覚えている。

「明日の午前十時半に来ないか」

と、何かうれしそうに話すのだ。

「わかりました。でもずいぶん早い時間ですね？」

「うん、でもその時間がいいんだ。頼んだよ」

口笛でも吹きそうな感じだった。

私はいつものように十分前に門のベルを鳴らした。石段を上がっていくと、玄関前に影が見える。瑤子夫人だ。

手を挙げて挨拶すると、何と玄関先に椅子が出ており、上半身裸の先生が煙草を片手に、笑顔を見せて座っているではないか！

「おはようございます。朝から寒くありませんか？」

真冬の午前十時半頃だ。この日、快晴だったが、その分寒さがきびしかった。

「よく見ろよ！」

三島さんはそういって、素裸の胸を張った。それからおもむろに、まぶしそうに、かっこをつけて、すっくと立ち上がったのだ。

朝の陽光をまともに浴びた姿になった。

「あっ！　これはすごい！　よくここまでいい身体になりましたね」

「きみは一緒に鍛えなかったので、まだヒョロヒョロじゃないか。児玉君もいい上半身になっているぞ」

それまで、何度も会っていたのだが、三島さんは一年前に私が断ってから、一切ボディビルのことは話さなかったので、私も途中で裸を見せてくれとは、いわなかったのだ。

ボディビルで身体を鍛える（1966年撮影）
◯写真提供＝毎日新聞社

夫人が声を出して笑っている。

「昨日の夕方、三島から電話がいったでしょ？」

「来ました。来ました。この時間に来いって」

「そうなのよ。あの電話、結構、私が大変だったのよ」

「何があったんですか？」

夫人が笑いながら話した一件は、たしかに面白いものだった。このところ毎日、午後になると夫人は気象庁に電話をかけて、翌日午前中の天気を確かめていたのだという。

ナイフとフォークは「脇を締めろ」

三島邸の玄関は、冬の朝に陽だまりができる。太陽が丁度玄関前を明るく照らし、とても暖かそうなのだ。三島さんはそこに椅子を出して、見違えるようになった上半身で、私を驚かせたいと狙っていたらしい。しかしそのためには、雲ひとつない朝でなければダメだ。その辺が完璧主義の三島さんなのだ。

いまならネットで簡単に、ピンポイントで天気の模様がわかる。しかし五十年前はそうはいかない。毎日夕方になると、瑤子夫人は気象庁に電話をかけていたという。

やっと昨日の夕方の予報で、間違いなく今日の午前は快晴であることが確認できたので、それを夫に話したところ、電話に飛びついて、私に連絡したというのだ。

こういうところが、誰からも好かれた性格なのだと思う。無邪気なのだ。別の言葉でいえば、人を驚かせるのがうれしいのだ。

普通の人間だったら、そういうことをやるにしても、どこかに照れが出てしまうものだが、三島さんには、一切それがなかった。天性、俳優の素質があったのだと思う。

だから芝居の脚本を書き、演出するだけでは満足できないし、自分が主演俳優になってサービスしないと気が済まない質なのだ。

この朝も私を存分に満足させるために、最高の演出を考えてくれたのだと思うと、本当に温かい人なのだと、涙の出る思いだった。

もう一つ、温かさを思い起こさせるエピソードがある。

知り合った翌年の昭和三十八年（1963）、私が「女性自身」の編集長になった春だった。

「今日は君の編集長就任のお祝いに行こう」

夫人に車を呼ばせて、ホテルオークラに向かった。私はうれしかった。ステーキの匂いがする……。

三島先生とビーフステーキは、私にとってセットになっている感じだった。いまでこそステーキは庶民でも日常的に食べられるようになったが、六十年前をネットで検索すれば驚くように、日本はまだ貧しい独立国だった。

柔らかな高級肉など、めったに食べられなかったのだ。

オークラのレストランは、高齢の外国人の食事する姿が多かった。そんな中で、三十二歳になったばかりの私は、緊張してナイフとフォークを使った。

ところが三島さんは、声を潜めて、

「櫻井くん、櫻井くん」

というではないか！　私も小さな声になってしまい「何ですか？」と返事をすると、

「もっと脇を締めろ！」

という。彼は私のナイフの使い方の真似をして、

「このステーキは柔らかいんだから、そんなに力を込めなくてもいいんだ」

笑いながら、

「ここは外国人が多いから、ナイフとフォークの使い方に慣れたほうがいい」

と教えられたのだった。

それにしても、三島さんの私の真似はそっくりで、思わず私も赤面してしまった。

このマナー教室は、その後の私に大きな影響を与えてくれた。海外出張がふえてきても、外国人との食事会で、ナイフとフォークの使い方に自信を持てるようになったからだ。

三島さんにいわせると、日本のテーブルマナーは、ナイフやフォークの置き方が正しいかどうかに重点がかけられているが、それより、ナイフとフォークの優美な使い方さえできれば、十分なのだそうだ。

たしかに和食でも箸の持ち方の基本ができていれば、少々のことは許される。おかしな

箸の使い方をするようでは、料亭のような席では恥ずかしくて、満足に食べられなくなる。

あとで思い出したのだが、脇を締める基本は武道、スポーツの基本で、殊にボクシングと剣道を嗜んでいる三島さんにとっては、当たり前のことだったのだろう。

「これまでいい肉を食べてこなかったものですから、〝親の仇〟とばかり、力を入れてしまって」

でも、なかなかこのように教えてくれる先輩はいない。それ以後、三島邸に何年も通ったが、どうもほかの人には、これほどざっくばらんではなかったような気がする。丁度六歳下という年齢がよかったのかもしれない。

第三章

転生

——三島由紀夫の才能と死生観

輪廻転生は人の生涯の永きに
わたって準備されて、
死によって動きだすものではなくて、
世界を一瞬一瞬新たにし、
かつ一瞬一瞬廃棄してゆくのであった。

――『暁の寺』より

絢爛《けんらん》たる経歴と「第二乙種合格」

私は現在、三島さんの亡くなった年齢の二倍近くの年になるが、教養からすると半分、いや三分の一にも満たないだろう。たとえば、三島由紀夫という署名のある原稿を見るとわかるが、あの厖大な作品量を残していながら、そのすべてをほぼ楷書体で書いている。

いまはパソコンが圧倒的に多くなったが、以前は原稿用紙にペン書きが普通だった。漢字には楷書、行書、草書とあるが、どの作家でも行書が一般的だ。スピードが必要な作家としては、楷書で書いたのでは、間に合わないからだ。また正確に書くには、少々むずかしい文字も多い。

たとえば、魑魅魍魎、葡萄、檸檬、憂鬱などを、正確に書ける人々は、作家といえどもそう多くない。そこで草書体まではいかなくても、少し崩して行書で書くのが普通だ。私でもそう書くし、私の担当した歴史作家の原稿もそうなっている。

それで印刷所側は、ちゃんと活字にしてくれるのだ。ところが三島さんだけは違う。

一例として自殺当日に遺した『豊饒の海』最終回を見ても、平穏、邪慳、陶の榻《たふ》、寂寞《するゑ》といった文字が、正確に書かれている。いつも通りの文字で乱れもない。

私は第二次世界大戦の責任者として、極東国際軍事裁判法廷で絞首刑を宣告され、昭和二十三年（1948）十二月二十三日に死刑を執行された七人の方々の、死直前の署名のコピーを持っている。

これらの人々は死線を乗り越えてきたので、平常心で筆を持つと思えたが、数人を除いてどの方も毛筆が震えている。しかし、恐怖からとはいいがたい。緊張、憎悪、怒りなどの感情の極度な高ぶりもあるからだ。

ふだんの署名と、似ても似つかない文字になっている人が多い。大将クラスの戦犯の方々でもそうなのだ。ところが三島由紀夫は自分の署名から、「『豊饒の海』完。昭和四十五年十一月二十五日」という最後の文字に至るまで、いつもとまったく変わりなく、正確に力強く書いている。

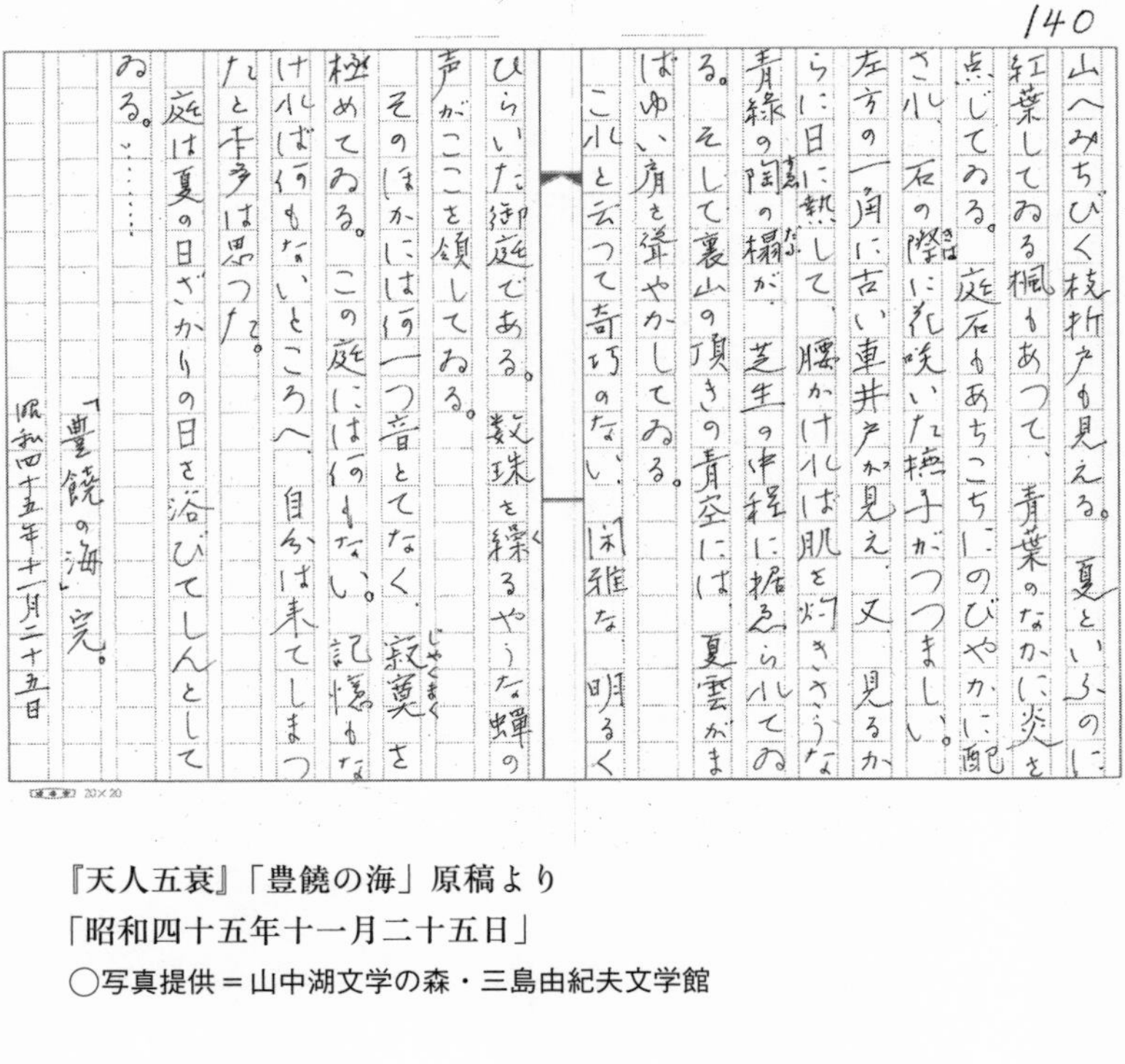

140

山へみちびく枝折戸も見える。夏といふのに紅葉してゐる楓もあつて、青葉のなかに炎を点じてゐる。庭石もあちこちにのびやかに配され、石の際《きは》に花咲いた撫子がつつましい。左方の一角に古い車井戸が見え、又、見るからに日に熱して、腰かければ肌を灼きさうな青緑の陶《すゑ》の榻《たふ》が、芝生の中程に据ゑられてゐる。そして裏山の頂きの青空には、夏雲がまばゆい肩を聳やかしてゐる。

これと云つて奇巧のない、閑雅な、明るくひらいた御庭である。数珠を繰るやうな蟬の声がここを領してゐる。

そのほかには何一つ音とてなく、寂寞《じやくまく》を極めてゐる。この庭には何もない。記憶もなければ何もないところへ、自分は来てしまつたと本多は思つた。

庭は夏の日ざかりの日を浴びてしんとしてゐる。……

「豊饒の海」完。

昭和四十五年十一月二十五日

20×20

『天人五衰』「豊饒の海」原稿より
「昭和四十五年十一月二十五日」
◯写真提供＝山中湖文学の森・三島由紀夫文学館

その教養といい、精神力といい、ここまで到達することのできる日本人は、もう出てこないだろう。私はこれは「育ち」だと思っている。

三島さんの家系は絢爛たるものだ。前にも書いたように祖父の平岡定太郎は元樺太庁長官だ。

祖母もすごいが、母の倭文重《しずえ》は元・東京開成中学校校長、橋健三の次女である。

これだけの家系を持っている人を探すとしたら、まず無理ではあるまいか。これを見るだけで、三島こと平岡公威が学習院高等科を首席で卒業し、天皇陛下から銀時計を拝受し、現在の東京大学法学部にすんなり推薦入学したことが納得できる。

この東大入学の年、昭和十九年（1944）に出した処女短篇集『花ざかりの森』四千部が一週間で売り切れたことで、彼は「これでいつ死んでも思い残すことはない」と思ったという。

昭和十九年という年は、日本軍がサイパン島で全滅し、十月には神風特別攻撃隊が編成されるという、敗色が濃厚になった年だった。

明くる昭和二十年一月には二十歳になる。

そうなれば、間違いなく赤紙の召集令状が来るのだ。兵隊になったら、死ぬことは間違いなかった。実際、二月に召集令状が来たのだが、その直前の一月二十七日にはB29が七十機の編成で、東京、特に有楽町と銀座を爆撃している。
三島はこのとき遺言状を認《したた》めている。

遺言　　平岡公威
一、御父上様
　　御母上様
　　恩師清水先生ハジメ
　　學習院竝《ならび》ニ東京帝国大學
　　在學中薫陶ヲ受ケタル
　　諸先生方ノ
　　御鴻恩ヲ謝シ奉ル

以下、学習院の同級生及び先輩、次に妹と弟への遺言とつづき、最後に「天皇陛下萬歳」となっている。りっぱなものだが、一度「遺言」や「遺書」を書いた人間は、死を怖れなくなるという話もある。

徴兵検査では第二乙種となったらしい。ぎりぎり合格ということである。その辺のところは小説『仮面の告白』に詳しく書かれているが、事実かどうかはわからない。作家の場合は巧みに物語をつくるからだ。

こうして一旦は合格となり、召集を受けるのだが、そこで高熱が出てしまった。これを軍医は肺病（いまの結核）と誤診して、即日帰郷となってしまったのだ。当時の肺病は流行性と見られていたので、軍は入隊させなかったのだ。

この当時の三島由紀夫は、ひよわな身体で、検査のとき米俵を持ち上げられなかったという。当時は米がなくなっているので、四十四キロの土のうだったという話もある。周りから笑い声が上がったという話もあり、恐らく屈辱感に虐《さいな》まれたことだろう。

小学校時代は、遠足や水泳にも参加できず、体操や運動が不得手で、時にいじめられていたほどだった。

こういった体験が、のちに異常なほどの肉体改造にのめり込んでいくきっかけになったことは、間違いない。

いまでは信じられないかもしれないが、男たちの多くは一旦召集されたら、戦いの場から日本に帰国できるとは思っていなかったし、三島由紀夫も二十歳で死ぬと、本気で思っていたに違いない。どうせ死ぬからには、戦って一方的に負けたくはない。これは三島由紀夫ならずとも、男なら誰でも思うだろう。

それまでの彼は勉強で抜きん出た成績を挙げてきたし、その文芸能力で賛辞を得てきた。それがまったく役に立たない場もあったのだ。それが「文武両道を究める」という終生の目標になったのではあるまいか？

軍隊から即日帰郷となった三島は、大学に戻り、その半年後に日本は敗戦となった。この間、彼は日本浪曼派の面々と知り合っている。この時期はまだ平岡公威の時代だった。家の重みをズシリと両肩に背負った公威は、まずは卒業、就職が先になる。

こうして高等文官試験に合格し、大蔵省銀行局に入り、エリートとしての一歩を踏み出すことになった。家族としては、安心感と喜び一杯だったろう。

処女作『花ざかりの森』の反響

しかし、公威としてみれば、処女作である『花ざかりの森』が予想外に評判がよかったこともあり、心の中は複雑だったに違いない。

私はこの時期に丁度文学少年になろうか、という環境に置かれていたが、周りは戦中と戦後の生活を小説化した作家たちの全盛期だった。

梅崎春生、大岡昇平、野間宏、椎名麟三、武田泰淳、安部公房など、どちらかというと重苦しい作風が多く、日本という国がまだ戦争の傷痕を少しずつ癒やしている、という時代だった。

また、左翼思想の作家もこの時代は、急速に読者を増していった。「天皇に戦争責任はない」としたマッカーサー司令官に反抗して、終戦翌年のメーデーには「朕はタラフク食って

るぞ　ナンジ人民飢えて死ね」といったプラカードが皇居前広場に立つ、という風潮だったのだ。

ともかく仕事のない男たちが赤旗を持って、皇居前広場に屯《たむろ》していた時代だった。それは当然で、外地から続々と帰国してきた兵隊が食うものも、仕事もなかったのだから。

日本の上層階級を育てた旧学習院を、トップで卒業した三島の思想とは、まったく合わない時代だった。旧学習院は天皇を中心とする歴史と文化の伝統を守るための学校だった。さらに彼を教育した恩師、清水先生は日本の精神美を、文章、文学によって伝えてきた文学者でもあった。

三島由紀夫の才能をもっとも早く認めて、それを伸ばすために、十代のうちに日本浪曼派の同人に加え、保田與重郎をはじめとする作家たちと引き合わせたほどだった。

念のためにいうと、現在の新制の学習院は戦後に編成されたもので、学習院大学は昭和二十四年（1949）に、他の新制大学と一緒にスタートしている。それもあって、東京帝大（現・東京大学）に入学したのだろう。

それにしても法学部を卒業し、高等文官試験の行政科に合格、大蔵省銀行局に入ったルートは超エリートコースだ。その大蔵省を、一年足らずで退職してしまったのだ。それも「創作に専念したいから」という理由なのだ。

これは推測だが、恐らく親戚も含めて平岡家の人々を、相当落胆させたのではあるまいか。ましてて父親の平岡梓は元農林省水産局長で、息子の小説執筆活動に大反対していたといわれる。二年前に、のちのノーベル賞作家、川端康成から推薦を受けて文壇に登場していたとはいえ、まだ有名な作品を書いているわけではない。

作家の多くは、出版社から最初のうちに短篇で修業させられる。三島由紀夫もその例に漏れず、発表作品のほとんどは短篇だった。

作家担当の私の長年の経験からいっても、短篇は各出版社の作家担当編集者に読ませるために書くようなものだ。逆にいうと、小説の読み手のプロが、この作家はどういう長篇を書く才能があるかを見抜くのだ。

その面からいうと、三島由紀夫という新人作家は、それまで一人もいない角度からのテーマと、絢爛たる美文調を駆使できる若者だった。

まだ東京の新宿は闇市が林立し、庶民のおかみさんたちは、自分の着物を農家に売って、食べものに換えていた時期に、彼の小説は戦後という時代をはるかに超えて、潮風の中に「豊饒な香り」を漂わせていたのだ。

前にも書いたが、私は彼の第一作『花ざかりの森』を学生時代に読んだのだが、巻頭にあった彼のヨットでの写真がよくわからなかった。ヨットというものをまったく知らなかったのだ。あまりの日常生活の違いに、翻訳小説かと思ったほどだった。

私が耽読していた作家のほとんどは、戦争によって生きるか死ぬかの悲惨な経験を書いていた時代だったのだ。

恐らく三島由紀夫の家族が、大蔵省を辞めて作家の道に進んでよかった、と心から思ったのは、ほぼ一年後に河出書房から『仮面の告白』が出版された頃ではあるまいか。つづいて翌年、新潮社から書き下ろし長篇『愛の渇き』が出るに至って、いわゆる戦後世代の作家とは、まったく異なる天才が現れた、という評価になっていったのである。

これはまったく私の想像でしかないが、彼は小さい頃から、目黒に建つ旧加賀百万石、前田侯爵家の駒場邸を見て育ったのではあるまいか？　この邸には西洋建築として非常に有名な建造物がある。

昭和二十六年（1951）
発行『花ざかりの森』
（雲井書店刊）の表紙
と口絵

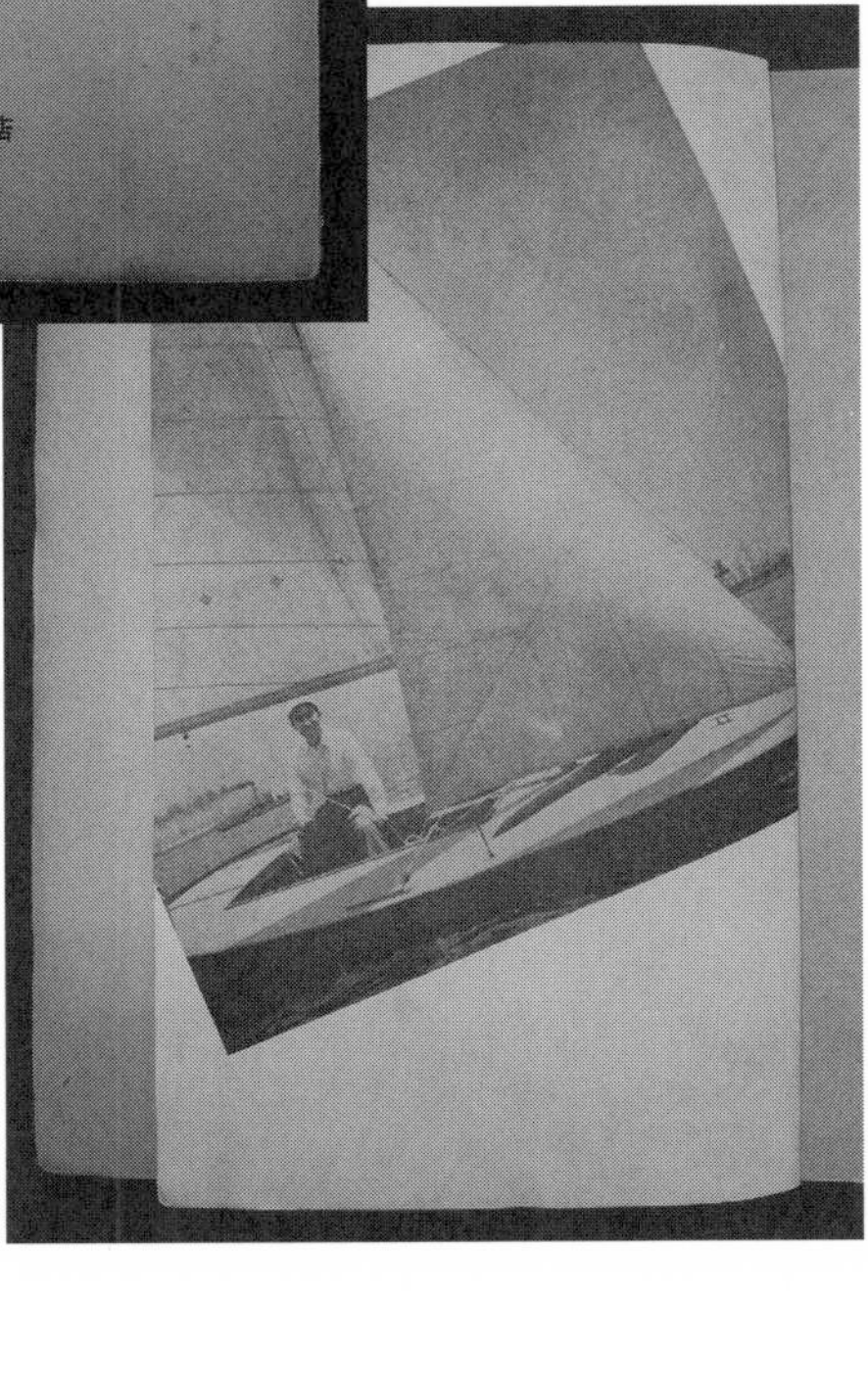

郵便はがき

１６２-０８１６

恐れ入ります
切手を
お貼りください

東京都新宿区白銀町１番１３号

きずな出版 編集部 行

フリガナ

お名前　　男性／女性　未婚／既婚

(〒　　-　　)
ご住所

ご職業

年齢　10代　20代　30代　40代　50代　60代　70代〜

E-mail

※きずな出版からのお知らせをご希望の方は是非ご記入ください。

愛読者カード

ご購読ありがとうございます。今後の出版企画の参考とさせていただきますので、アンケートにご協力をお願いいたします（きずな出版サイトでも受付中です）。

[1] ご購入いただいた本のタイトル

[2] この本をどこでお知りになりましたか？

1. 書店の店頭　　2. 紹介記事（媒体名：　　　　　　　　　　　　　　　　　　）

3. 広告（新聞／雑誌／インターネット：媒体名　　　　　　　　　　　　　　　　）

4. 友人・知人からの勧め　　5.その他（　　　　　　　　　　　　　　　　　　　）

[3] どちらの書店でお買い求めいただきましたか？

[4] ご購入いただいた動機をお聞かせください。

1. 著者が好きだから　　2. タイトルに惹かれたから

3. 装丁がよかったから　　4. 興味のある内容だから

5. 友人・知人に勧められたから

6. 広告を見て気になったから

（新聞／雑誌／インターネット：媒体名　　　　　　　　　　　　　　　　　　　　）

[5] 最近、読んでおもしろかった本をお聞かせください。

[6] 今後、読んでみたい本の著者やテーマがあればお聞かせください。

[7] 本書をお読みになったご意見、ご感想をお聞かせください。

（お寄せいただいたご感想は、新聞広告や紹介記事等で使わせていただく場合がございます）

ご協力ありがとうございました。

きずな出版　URL http://www.kizuna-pub.jp　E-mail 39@kizuna-pub.jp

三島さんは幼い頃、厳格な祖母の夏子の手許で育っている。この祖母こそ三島文学の源泉となった女性だ、という評論もある通り、江戸幕府の若年寄格、永井玄蕃頭の孫娘であったので、親戚中が名士だという話もあるくらいだ。

この祖母は、三島が生まれて四十九日で、二階に住まわせておくと危険だ、という理由から、父母から取り上げて、自分の部屋に連れて行ってしまったほどの、強い女性だった。これが小学校卒業までつづいたというのだから、三島が普通の人と大きく異なる人格になったことがわかるだろう。

小さい頃は三人の付き添いがいたという。これは憶測だが、現在の駒場公園内にある前田侯爵邸に、お付きの女性が遊びに連れて行った可能性は高いような気がする。

あるいはそれが、千代田区内幸町にあった鹿鳴館だったかもしれない。三島の戯曲の代表作でもある『鹿鳴館』は、彼の三十一歳の作品だが、鹿鳴館そのものを知らなければ、作品、殊に芝居にするのはむずかしい。

鹿鳴館は明治十六年（1883）に、欧化政策の一環として建設された西洋館だ。当初はダンスホールをメインにして、外交のために用いられたのだが、その後華族会館になった。

取り壊されたのは昭和十六年（1941）である。恐らく子どもの頃の三島由紀夫は祖母によって、何度もこのすばらしい洋館を目にしたか、出入りしたのではあるまいか。祖母と一緒でなくても、学習院の生徒であるだけに、見学できたかもしれない。その意味で三島には、コンプレックスというものがなかったともいえる。

ドナルド・キーンによると、松を指して「あれは何という木だ？」と訊いたり、蛙の鳴き声を聞いて「何の鳴き声か？」と尋ねたという。もしかすると、彼は人工的なものしか見てこなかったし、またそういう環境の中で育った、ということなのだろう。

私が彼の邸を初めて訪れたとき、私が早く着きすぎて、邸の周りを散歩しているとき、裏の庭木に目を奪われたのだが、三島さんはそれに驚いていた。反対に私はそんな三島さんに驚いてしまったのだが、あるいは持って生まれた貴族性がそのとき、出たのかもしれないと思う。

ドナルド・キーンと知り合ったのは、三島由紀夫が三十歳のときだった。まだ貴族性がキラキラしていたのかもしれない。

なぜ白亜の豪邸を建てたのか

日本の作家はまず芥川賞か直木賞を目指すのが普通だ。私たち編集者は、昭和三十年（1955）の芥川賞に『潮騒』が候補に上がると思っていた。単行本として出版された前年、第一回「新潮社文学賞」を受賞していたし、編集者だけでなく、一般読者にも大変な人気だったからだ。

三島さんにとって不幸だったのは、芥川賞は基本的に文学的な短篇小説中心であり、直木賞は大衆的な長篇小説に重きを置かれる。ところが三島作品は、そのどちらにも当てはまっていない。仮に『潮騒』が直木賞を取ったら、相当、違和感を持たれたに違いない。

そう考えると、三島文学は、最初から日本文学の枠からはみ出していた、というべきだろう。そう見ていくと、三島由紀夫本人は負けず嫌いであり、仮にあとになって、芥川賞を差し上げるといってきても、辞退したのではないかと、私は思っていた。

そうこうしているうちに四十一歳のとき、芥川賞の選考委員を依頼され、受賞はあり得なくなった。

いやそれよりも前年の昭和四十年（1965）十月、谷崎潤一郎、ショーロホフと並び、ノーベル文学賞有力候補になっていたのだ。それもあって芥川賞の選考委員になっていただいた、というのが本音ではあるまいか。

谷崎潤一郎といえば『細雪』の作者であり、当時の日本では、川端康成の上位にランクされる大作家だった。ショーロホフはソ連の作家で、大作『静かなドン』は、全世界的に評価が高かった。なにしろ1926年から1940年の十五年間にわたって書かれた大長篇であり、このときのショーロホフの受賞は、この作品の功績が認められたものだ。

この大作の日本語翻訳者は原久一郎・原卓也の親子だが、原卓也は私の同級で、一緒に同人雑誌をやっていた仲間だった。

ノーベル賞を獲得できなかったとはいえ、すでに六十歳の世界的大作家、ショーロホフと同じ位置に立ったということで、三島由紀夫の名声は、一気に世界的に広まったといっていいだろう。外側から見ると、非常に順調に思えるが、ここに至るまで彼はさまざまに苦労している。

まず二十六歳のとき船で世界一周、二十七歳で南米に行き、三十二歳でニューヨーク講演、以後ヨーロッパにも足を延ばしている。こう書くと何でもないようだが、敗戦後の日本は外貨が貴重だったので、海外に行くのも簡単ではなかった。

1ドル360円時代で、よほど裕福でないと、何度も海外旅行など、夢のまた夢だった。まだ日本人が外国人にオドオドしていた時代、といってもいいだろう。

そんな中で三島さんの作品は、昭和三十一年（1956）、クノップ社から『潮騒』が英訳され、さらに翌年から次々と『仮面の告白』『夜の向日葵』『金閣寺』と代表作が英訳されていった。

それだけではない。注目されるのは、フィンランド語、ドイツ語、スペイン語、デンマーク語、スウェーデン語と、ノーベル賞に近づきやすい言語に翻訳されていくのだった。

彼は昭和三十四年（1959）、三十四歳で大田区馬込の高級住宅地に、白亜のコロニアル様式の豪邸を建てている。

普通に考えたのでは、単に贅沢な貴族趣味に映るが、そうではない。彼は最初からこの家に外国人を呼んで、パーティを開こうと目論んでいたのではないか？

実際、どんな豪邸でも、パーティ用の部屋として設備しなければ、大勢の人を集めることはできない。簡単なことだが、普通の天井の高さでは、煙草のけむりや香りだけでもむずかしい。突き抜けるような高い天井を考えた三島邸でのパーティは、外国人の賓客も、気軽にやってこられる雰囲気を持っていた。

それによって海外からは文芸評論家、新聞記者、出版経営者、作家、文化人などが集い、日本人もそれらの職種の人々だけでなく、俳優、歌手、編集者なども加わり、華やかな香りを醸し出していたのだ。

当時としては、こういう文化の香りのする家は珍しかったのだ。いまだったら、超高級なタワーマンションの中に、いくらでもあるのかもしれないが。それにしても、将来のノーベル文学賞を夢に描いて、邸の設計を考えたところが、いかにも三島由紀夫らしいのではなかろうか。

それも芥川賞ならイザ知らず、ノーベル文学賞を射程に入れて邸の構造からスタートする、という発想は、三島文学と酷似している。というのも、三島さんの小説は綿密な構成からできており、作品によっては、何度もその構成を改めた上で、ペンを持ったときには一瀉千里《いっしゃせんり》に書き上げる。

それだけに原稿用紙を見ると、驚くほどきれいだ。文章を直すにしても、肝心なところは手を入れていない。またどんなにむずかしい文字であろうと、文章であろうと、美しい楷書で書かれている。

私は長年、多くの作家たちを担当してきたので、直筆原稿をよく知っている。それらの作家の中では断然、原稿自体が美しい。ということは、頭の中がよほど数学的に整理されているのだろう。

三島さんの学習院中等科卒業時の通信簿を見ると、代数及び三角法も幾何も「上」であり、学年の優秀賞を取っている。普通の作家だと、数学の点が劣るものだが、三島由紀夫は国語と数理のバランスが取れている。そこがほかの作家たちと違うことによって、文学そのものがきっちり整理されているのだ。

こうして一度はチャンスを逃したが、ノーベル賞の場合はそれで終わりということではない。次の大きなチャンスは昭和四十三年（1968）に巡ってきた。

このときは川端康成と三島由紀夫の二人が、日本人としての最終候補に上がっていた。本来なら谷崎潤一郎が入るはずだったが、すでに亡くなっていたので、二人に絞られたようだ。

この二度目のチャンスのときは、私も三島さんの近くにいた。しかしだからといって、それについて私たちにしゃべることもなかったし、表面上は冷静だった。

ノーベル文学賞が落とした影

いまになっても、私は、あの年のノーベル賞は三島さんが受けておくべきだった、と思っている。三島さんが川端先生に譲ったことで、日本が誇る二人の大作家の命を奪った、といえるのではないか。

私は三島さんと最初に会った日に、

「文学のことには触れないでくれ」

といわれ、後生大事にそれを守っていた。しかしそれは間違いだったかもしれない。川端先生に呼ばれて、受賞の権利を譲ったとすれば、

「それはどうでしょうか？」

と、約束違反でもいうべきだった。

前にも書いたが、私はもしかしたら、あれが川端康成の自殺の原因だったのでは？ という原稿を読んだことがある。それを書いた人物は、その方面に非常に詳しい作家であり、それを私に渡したのは、川端康成の関係者だった。それもあって、長年の週刊誌編集長のカンと経験から、それを信じている。

仮に川端先生が受賞していなければ、トラブルも起こらなかったかもしれないのだ。いや、起こらなかったろう。そのトラブルが起こらなければ、なにも自殺まで考えなくてもよかったのだ。

あるいはまた、受賞が三島由紀夫に回ってきたら、川端先生と異なり、まだ血気盛んな

年齢だっただけに、国内だけでなく、国際的にも多忙になっただろうし、楯の会のスタートも数年は遅れただろう。

もちろん、それによってこの事件が起こらなかった、とまではいえないにしても、運命的に紛《まぎ》れが起こったことはたしかだ。なぜなら自殺の年月日にしても、入念に考えられていただけに、この日が無理なら「一ヶ月後でもいい」とは、けっしてならなかったからだ。

人間の運命には「紛れ」がある。それこそ下駄の鼻緒が切れても、誰かが咳を一つしても、極度に緊張した空気の中では、それによって局面がガラリと変わるという。

三島さんが最終的に決意したのは、あの昭和四十五年の年初ではなかったかと、私は勝手に推測している。それというのも、ある日「ありがとう　三島由紀夫」とだけ記した葉書が送られてきたのだ。

それも大きな文字で少し斜め書きになっている。

ハテ、何かお礼をいわれることがあったっけな？　と考えたが、思い当たらない。そのときはそのまま忘れてしまったが、事件のあとになって、あの文面は別れの言葉ではなかったか？　と、気がついたのだ。

もしかすると、私だけではなく、他社の編集者にも出していたのかもしれない。万が一、事件が流れても、この文面なら「年賀状の代わりだ」で、済む。

それを長々とお礼状を出したら、かえって何かが起こると、疑われる。あとになって「あれが別れの言葉だったのか！」と、気がつくほうが「さすが！」と感心されるだろう。

三島さんは最後の最後まで「紛れはあり得る」と考えていたのではあるまいか？　それは小説家の頭脳ではなく、軍人のカンといえるかもしれない。あの時期の三島さんは、文学者と軍人の両面を持っていたのだろう。

これはあとでわかったことだが、三島さんも川端先生も、毎年のようにノーベル文学賞候補になっていたのだ。もしかすると、ここで川端先生に譲ったとして、翌昭和四十四年は無理でも、四十五年の秋に再度自分に回ってくる、と考えたかもしれない。

その辺のところは、自決を覚悟した三島さんに聞いてみなければわからないが、私としては川端先生に譲った心が仇になって、二人とも死を選ぶことになっていった、と考えている。

自分のことで恐縮だが、私の半生を思い返してみると、自分でも不思議な気がしてならない。ほとんどが日本浪曼派に関わる作家たちとのつき合いであったたし、劇団も、村松英子さんが属した浪曼劇場と親しかった。

それに日本浪曼派でなくとも、三島さんの葬儀や哀悼の夕べの発起人たちの中には、親しかった作家が大勢いる。改めて人脈というものは、つながっているものだと感心するばかりだ。

こう見てくると、私の作家の人脈には、左翼系はほとんどいない。せいぜい松本清張先生一人だが、清張先生は米占領軍を嫌ったのであって、共産党に好意を抱いていたわけではない。全共闘運動などは、まったく評価していなかった。

私はその意味では右翼系というか、天皇を中心とする日本という国の、国体護持派に属するかもしれない。

それだけに今の日本の危うさがよくわかるし、「平和」という言葉の意味を、わざと取り違えている政治家や左翼系の評論家、新聞記者たちの卑怯さも、知っている。

一方的な平和願望など、あり得るわけがないからだ。国と国との間でこちらが平和を望んだら、それは降伏と同じであり、いいようにされるだけだろう。

それは1945年の日本とソ連との交渉で、誰でもわかるではないか。こちらはソ連との戦いをまったく望んでいないのに、一方的に満州と樺太の日本軍だけでなく、一般邦人を殺害、捕虜にしている。それも連合軍に日本政府が無条件降伏をしたあとに、日本軍と日本国民を襲ってきたのだ。

戦前に直木賞を受賞した橘外男という作家がいた。橘先生は満州からの引き揚げ組だった。それは、ソ連軍に襲われた悲惨な生活だったと私に語っている。私はこの作家の担当になったが、彼は『赤旗翻えれば』という、ソ連軍の非道ぶりを、長篇で書くという。

私がロシア語専門であることを知ると、ソ連兵の言葉をロシア語に翻訳しろ、という。ところが私が翻訳したら、彼はこんな貴族言葉を、ソ連兵は使っていなかったという。

私は、のちに東京外国語大学学長になった原卓也に相談して、引き揚げ者のロシア語専門家を紹介してもらい、ソ連兵の会話を教えてもらったが、それは汚いロシア語だった。その汚らしい言葉で、日本女性たちは乱暴され殺されていったのだ。

私は共産主義国、あるいはその国の幹部を、まったく信用していない。

『宴のあと』で私が隠していたこと

私は三島由紀夫先生に一つだけ、隠しごとをしていた。それを話すべきかどうか、相当考えたのだが、仮に報告したとしても、「そんな小さなことはどうでもいい」と、笑いとばされたかもしれない。

あるいは思いがけないエピソードとして、「もっと詳しく話せ」と、きびしく催促されただろうか？　それとも「きみはさすがに女性のプロだ」とほめられたかもしれない。

三島さんは知り合ったときから、

「女性に関しては君が師匠だから逆らわないが、文学のことはいうなよ」

と釘を刺されたくらいで、どのジャンルでも自分が上だ、だから俺のいうことを聞け、というタイプではなかった。

それは三島文学の中で、ただ一冊だけ訴訟となり、長い裁判となった『宴のあと』の女主人公「雪後庵」の女主人福沢かづと、私が知り合いだった、という話だった。

正確にいうと『宴のあと』はモデル小説である。日本で初めてプライバシー権が認められた事件として、マスコミでも注目された裁判となった。

この小説は昭和三十五年（1960）、雑誌「中央公論」に十ヶ月間連載されたものだった。主人公は元外務大臣・有田八郎と、芝白金の高級料亭「般若苑《はんにゃえん》」の女将、畔上輝井《あぜがみてるい》をモデルにしている。あらすじをいうと——。

無学なヒロイン・福沢かづは保守党御用達の高級料亭、雪後庵の女将だったが、五十代を迎えて、ようやく人生はこんなものか、と思うようになっていた。

かづはやり手で、女手ひとつで高級料亭を築いたのだったが、そんな折に客として、革新党の顧問で元大臣の野口を迎えて、自分にない理想家肌の性格に惹かれ、結婚する。その野口が東京都知事選に出馬したいというので、全財産をこの選挙に注ぎ込むのだった。

彼女は雪後庵を抵当に金を工面したのだが、野口が敗れたことでこの料亭を失うことになる。失意の野口は「仕方がない。これからは、じじばばのように隠遁生活をしようじゃないか」と提案するのだが、彼女は保守系の汚いやり方に憤慨して、もう一度雪後庵を自分のものにして、やり直そうと提案するのだった。

これは、まさに有田八郎と畔上輝井の生活そのものであり、作者の三島由紀夫はプライバシーの侵害で有田から訴えられたのだが、有田は途中で亡くなり、さまざまな経過をへて、この本は出版できることになった。

実は私は、この小説の女主人公のモデルとなった「般若苑」女将、畔上輝井さんから特別に遇されていたのだ。それというのも私の誕生日が、彼女の夫、有田八郎の亡くなった日と同日なのだ。

有田八郎は昭和四十年（1965）に八十歳で没している。一方の畔上輝井は、有田より二十二歳下の明治三十九年（1906）に生まれ、平成元年（1989）、八十二歳で亡くなっている。

私が女将と知り合ったのは、夫の有田八郎が死んで間もなくのことだった。

最初はこの事件を、女将から直接聞きたかったのだ。といっても男性誌ではないので、彼女には女性として、妻としての立場から取材を申し込んだのだ。

場所はもちろん、芝白金の般若苑だった。ただしお座敷ではなく、私生活の部屋で話を聞くことになった。それが何回つづいたろうか、何気ないところから、有田八郎の命日が、私の誕生日と同じであることがわかったのだ。

私もびっくりしたが、それより女将のほうがはるかに驚いたのだ。仮にこれで没年と生年が同じなら「生まれ変わり」という話になりかねない奇跡となる。

もちろん年の差は大きいが、それでも女将にしてみれば、まったく無縁の人とは思えなくなったのだろう。私は「仏間で線香を上げてもらえないだろうか」と女将に頼まれ、それ以後私は木戸ご免よろしく、客を連れて、般若苑に自由に出入りするようになっていったのだった。女将は有田とは離婚となったが、本当に彼を愛していたのだろう。

さすがに私はこのことは、三島さんには話せなかった。別に話したところで、何の問題もないし、裁判も終わっている。また裁判は有田八郎との争いであって、輝井には何の関わりもないはずなのだ。

実際、女将のところに遊びに行っても、三島由紀夫の名前が出たことは一度もなかった。女将は、自分が幸せだということをよく知っていたので、知っていることしか話さなかった。むずかしい話になると、係りの女性が「そういう話は……」と、首を横に振るほどで、女将は私室にいるとなると、無口になる。

しかしなぜか、多くの政治家からは可愛がられていた。実は無学とは学校に行ってないだけで、無知識ということではなかった。それにこの女性ほどの度胸のよさを、私はマスコミに長くいたが、見たことがなかった。

夫の有田八郎が選挙で大金が必要となると、別の料亭を売って金を作ったり、それも自分から夫に選挙に立ちなさいと、すすめるほどだった。

それだけ夫を愛していたのだろうし、夫の理想を自分の理想にしていたと思われるが、自分が贅沢かというと、まったくそんなことはなかった。

料亭の広間はすばらしい造りだったし、縁の外の庭園は、外国からの賓客も目を見張るほどだったが、女将自身の個室は狭く、食卓の上に並ぶ料理は、その辺の家庭のおかずといってもいいほど質素だった。

「仕事に疲れたら、いつでもいらっしゃい。少し寝てから会社に帰ればいいのだから」

私が行っても、ほとんど女将は姿を見せなかった。いるのは係りの女性だけで、彼女のいうままに仏間の隣室で、二、三時間休んでは、また編集室に帰るのだった。

ずっとのちになって考えるのだが、やはりこの話は三島さんにしておけばよかった、という後悔がある。別に隠しておくほどのことではなかったし、作品中に描いたモデルの女性の日常の姿を知ることも、作者として興味があったのではないか、とも思うからだ。

そして何よりも私の中に、次第に、話しておくべきだった、という後悔の念が強まったのだ。そして最後には三島さんの自決後、私は般若苑に二度と足を踏み入れることがなくなってしまった。

頭のいい女将だけに、私が遠去かっていった理由に、三島さんの自決を思ったかもしれない。三島さんにも畔上輝井さんにも、申しわけない気持ちだけが残ってしまった。

川端康成と三島由紀夫の密談

昨年（2019）二月四日、NHK「クローズアップ現代」は「三島由紀夫×川端康成ノーベル賞の光と影」と題して、当時の三島さんの心境を探ったが、ここに私も女優の村松英子さんも出演した。

ほかの出演者は全員、生きていた当時の三島さんを知っているわけではない。だからご自分の考えで、三島さんの心の中を推測するわけだが、村松英子さんだけは違った。

私は三島さんから、村松さんと仲よくやってくれと頼まれていたのだが、村松さんは三島さんのご家族全員から、直接この問題について聞いていたのだ。だから私も、村松さんを通して、三島さんの本当の心を知っていたことになる。

この番組で村松英子さんは、

「三島先生は川端さんのお宅に呼ばれて、『君はまだ若いから、私は年だから、今回は譲ってくれないか』とお頼まれになったと聞きました。ご自分が信じていた川端さんから、そういうことを言われたことがショックだったようです」

と発言している。私が五十年前、彼女から聞いた内容通りだった。

ここで正確を期すと、ノーベル文学賞委員会では二人を有力候補にしたものの、どちらに賞を与えるべきか、極東の小国だけに、日本の文壇に詳しい諸外国の評論家に打診していた、といわれる。その中で二人の間で決めてもらってはどうか、という話が持ち上がったようだ。

三島さんはその才能を川端康成に見出されている。

昭和二十三年（1948）九月、平岡公威は一年勤めた大蔵省を辞めた。十一月、平岡は学習院の恩師が名付けたといわれる、三島由紀夫の筆名で『盗賊』（真光社）を出版する。このとき川端は序文を寄せている。

いやそれだけでなく、序文原稿と同時に、達筆な毛筆による長文の書簡を送っている。まさに川端康成は三島由紀夫という新しい作家に、並々ならぬ期待と好意を寄せていたことがわかる。

さらに川端は、三島由紀夫と日本画家杉山寧《やすし》の長女・瑤子さんの結婚の媒酌人も務めている。もう何から何まで三島由紀夫としては、お世話になっていたのだ。

そんな川端康成から「私は年だから、今回は譲ってくれないか」と頼まれて、断れるものだろうか？

仮に川端康成から「会いたい」という電話一本、葉書一枚が届いた時点で、ピンと来るものがあったろうし、「いまは会えない」と返事することもできないだろう。

私は三島さんとつき合ってきたが、この人から「イヤ」とか「ムリ」という言葉を聞いたことがなかった。「ダメ」という拒絶は何回もあったが、これは三島さんの考えに合わない依頼であって、断られても十分納得がいく。

「イヤ」とか「ムリ」という断りには、感情が込められている。三島さんはそういう非論理的な感覚を出してくる人ではなかった。だから多くの友人、知人が彼から離れなかったのだろうし、百人もの楯の会々員も、隊長の命令通りに、一切違反することなく最後までついていったのだ。

川端先生もまた、けっして無理をいう人ではなかったと思う。そもそも無口なタイプであり、その点で編集者泣かせでも有名だった。

私は三島さんが亡くなったあと、川端先生のお宅に伺うようになったが、最初のうちはあの大きな目でこちらを凝視するだけだった。こちらが話していても、頷くことさえなかったのだ。

そのとき思ったのだが、この大きな目で三島さんを見たら、三島さんも無言で頷いたのではなかったか。

またそんなきびしい顔だけに、一度その顔が笑顔に変わったら、こちらも心の底かられしくなってしまうほどだ。もしかすると三島さんは川端さんに譲って、何の残念さも持たなかったのではあるまいか。

ただこのノーベル賞事件が、二人の大作家の生涯を狂わせたことは間違いない。私はNHK番組で「ノーベル賞を受けたら、あの事件は起きなかったろう」と話したが、三島さんは責任に重きを置くので、愛国者よりまず、文学者の立場を優先すると思ったのだ。

この考えは、いまでも変わっていない。

ノーベル文学賞受賞時の川端康成と三島由紀夫
(1968年10月16日撮影)　◯写真提供＝毎日新聞社

昭和四十三年（1968）十月十七日、その年のノーベル文学賞は川端康成に決定した。そして楯の会は、非常に重要なところだが、それに先立つこと十二日前の、十月五日に設立されている。

私は十月五日までに、三島さんが川端先生にその席を譲ったと考えている。私は身近にいても、まったくこの辺の裏事情はわからなかった。そして三島さんも、何ら日常生活が変わらなかったし、あの快活なスタイルも変化がなかった。

もともと私は、三島さんの考え込む姿を見たことがなかった。たとえば雑誌編集者から、立ったまま口述で原稿を求められても、まったく考えることなく、即座に原稿をスラスラと口から出すのだ。それも、まったく直しのない文章なのだ。

それは松本清張も檀一雄も同じだった。天性の作家は、話している言葉が、そのまま文学作品となるのだ。

これは私の推測にすぎないが、十月四日の夜に、三島さんは自分の道を決断したと思う。もしかすると、決行日と決行のあり方まで、心に深く決めたのではあるまいか？

第四章

決起

――三島由紀夫が貫いた美学

世界を変貌させるのは
決して認識なんかじゃない。
世界を変貌させるのは行為なんだ。
それだけしかない。

――『金閣寺』より

なぜこの日でなければならなかったのか

私は自分勝手な想像として、なぜ三島さんが決行日として、昭和四十五年十一月二十五日を選んだかの理由を考えている。

たしかにこの日、遺作となった『豊饒の海』が完結している。しかし完結日は、いかようにでも動かせるものだ。この作品の担当編集者、小島千加子さんはその著『三島由紀夫と檀一雄』の中で、

「……『豊饒の海』完。昭和四十五年十一月二十五日と二行に分けて端正に記されてゐる。寝耳に水である。完成が間近いことは明らかであったが、今月とは聞かず、二、三ヶ月のうちと見当をつけてゐた」

と書いている。念のためにいえば、三島さんも小島さんも戦中世代で、旧かな遣いであ

る。

担当者もこの日に渡される原稿が、最終回と思っていなかったのだ。ということは、この日が締切の特別な日でなく、自分で死ぬ、と決めた日であることは間違いない。

ところで多くの評論家や友人が、この五十年間に書いた「三島由紀夫論」の中で「それは正しい」と思ったのは、この日を陰暦に直すと「吉田松陰の刑死の日に当たる」という論だった。

これについては、さまざまな方がおっしゃっているので間違いないだろう。三島さんは何かの会合を持ったり、開いたりするときは、必ずといってよいほど、何かの記念日にしたというのだ。

たしかに楯の会の前身、祖国防衛隊をお披露目した日も、昭和天皇の誕生日だった。

さらに吉田松陰と三島由紀夫の接点は、静岡県の下田にある。

松陰はかつてこの下田から米艦ポーハタン号に乗り込み外国への密航を企てたが、安政の大獄で安政六年（1859）十月二十七日に、刑場の露と消えている。その日付は旧暦であり、太陽暦に直すと「十一月二十一日」だが、昭和四十五年（1970）の十一月二十五日は旧暦でいえば、「十月二十七日」だった。三島の選んだその日は、間違いなく、尊敬する吉田松陰の命日だったといってよいだろう。

三島は下田が松陰ゆかりの地であることを知っていて、この地を家族の夏のバカンスの地にしていたのだろう。またこの地には、彼が愛した日新堂菓子店のマドレーヌがあるのだ。

ここにもう一説、十一月二十五日であらねばならなかった理由を加えよう。

これは三島由紀夫の自刃に使われた名刀、関ノ孫六を贈った剣道仲間、舩坂《ふなさか》弘氏の説になるが、十一月二十五日は一月十四日の三島さんの誕生日の四十九日前に当たる、というのだ。

舩坂氏は三島さんは中有《ちゆうう》期間を計算に入れて、輪廻しようとしたのではないか、というのだ。

仏教では四十九日を中有（バルドゥ）、あるいは中陰という。まだ死者の魂は肉体を離れて旅に出ている途中であり、次の宿主《しゆくしゆ》を見つけることによって、旅は終了する。まさに旅の終了する日が、奇しくも本人の生まれた一月十四日になる。

船坂氏は三島さんはそれを考えて、十一月二十五日にしたのではないか、と推測したのだ。

この説も捨てがたい。また仏教という角度、あるいは最後の作品となった『豊饒の海』の主題が転生であることを考え合わせると、十分考えられるからだ。

それに私はあの日、市ヶ谷自衛隊のバルコニーに立った、三島さんの頭に締められた鉢巻きの「七生報国」の文字が気になるのだ。

あれだけ文章や文字にこだわった作家でありながら、死を覚悟したあの日、最後に選んだ言葉が「七生報国」だったのだ。私は本気で転生を信じて逝ったのではないかと思うのだ。そうだとすると、三島由紀夫は誰に、何に転生したのだろうか?

さらにこれは私の勝手な想像だが、フランスの詩人、ボードレールの「四十六歳での死」も、頭の中に浮かんでいたと思いたいのだ。

ボードレールと三島由紀夫の関わりは、彼の出世作にして代表作でもある『仮面の告白』の原稿第一枚目に「人みな噴火獣《シメール》を負へり――シャルル・ボォドレェル」と書かれている。

三島由紀夫はまさに、自分は噴火獣を背負っていると思っていたのだろう。この二人は若干似ているところがある。まず活躍した年齢が非常によく似ているのだ。

ボードレールの活躍時期は、二十三歳から四十五歳だ。それに対して三島さんも二十三歳のとき、大蔵省を辞職。代表作『仮面の告白』を起稿している。

そしてその第一枚目に彼の言葉を持ってきている。その起稿日が十一月二十五日だった。そしてボードレールが筆を持てなくなった四十五歳に、三島さんも筆を折っている。もう少し詳しく書くならば、ボードレール自身が亡くなったのは四十六歳だった。

しかし書けなくなったのはその前年、四十五歳なのだ。そう考えると、早くから「四十五歳で死ぬ」とまでは決意しなかったかもしれないが、その年齢で筆を絶つことだけは、頭の中にあったに違いない。私は自分で考えたこの説も、ほぼ正しいと思っている。

もう一つ、この説に補強を加えるとすれば、私が平成四年（1992）に「週刊新刊全点案内」という図書館向けの出版関連週刊誌に書いた「三島由紀夫の死に至る秘密の日々」という原稿がある。これはのちに『出来ル女ハ本ヲ読ム』（図書館流通センター）という一冊に入っているが、これを引用すると、

「私が三島の死についての考え方を知ったのは、昭和三十七年（1962）、知り合って間も

なく『女性自身』誌上で、読者との座談会を彼の書斎で行ったときだった。このとき、『お墓に入るときは、誰だってひとりぼっちですよ。それを忘れずにいれば、人間、強くなります』と、説いている」

と書かれている。

このときの座談会のテーマは「友情」であり、死をテーマにしたものでなかった。また若くて華やかな女性読者を前にしては、あまりにもそぐわなかったので、驚いたことを覚えている。それに三島さん自身、三十代なのだ。死の理由はここでは外そう。ただ漠然と死に向かったのはこの発言からしても三十代だったように思うのだ。

ただ三島さん自身は四十代になってからは、親しい人に「四十五歳で俺は死ぬ」と話していたという。私のボードレール説を用いれば、それは避けることのできない年だった、ということができるかもしれない。

作家で天才的な占い師でもあった五味康祐は、私に「自分は五十八歳で死ぬ」と告げていた。これは予言通りの病死だったが、三島由紀夫にとっての死は「覚悟の死」というほうが正しいだろう。

話は少し変わるが、人間は誰しもが平均的に一年に一歳、年を取るわけではない、という話を聞いたことがある。

頭のいい人、優秀な頭脳の持ち主は、十代でその才能を発揮する、二十代でりっぱな大人が書けないような物語をつむぎ出すこともできるし、数学的な才能も発揮する。早く年を取るのだ。

しかし、ある程度の年齢になったら、それ以上の才能はなくなるのだから、先行き衰える可能性もあるのではないか？

天才に自殺者が多いのは、年齢的に相当先を進んでいるので、先行きに空しいものを感じるからではないのか？　あまりに先が見えてしまうのも、つらいものなのかもしれない。

四十五歳以後の予定はすべて空白だった

三島さんの場合は、四十五歳以後の仕事を一切入れていなかった。

それには瑤子夫人の証言もある。

実は意外にもそれは各出版社には、わかっていなかった。それというのも、作家の仕事というのは、事務所やプロダクションがないのが普通で、作家本人に仕事の内容が集約されており、本人が話さないかぎり、どの社にも、どの人間にもわからないものなのだ。

出版社側も、連載がスタートするまでは黙っている。また仕事を依頼する側も『豊饒の海』がようやく完結するのだから、しばらくは休むのは当然だと、それぞれが勝手に解釈していた面もあったようだ。

三島由紀夫にその芝居の才能を高く評価された、村松英子がいる。西欧的な雰囲気を漂わせている女優だが、彼女は昭和四十五年（1970）の夏のある日、三島さんと外で会ったという。

これは彼女の『三島由紀夫　追想のうた』という一冊に出ているエピソードだが、その夜、送って頂いたタクシーの中で、急に不安になり、「先生、死んじゃ厭ですよ」と、わざと冗談めかしていったという。ところが、いつもは打てば響くように答えが返ってくるのに、そのときはうつむいてしまったという。

それから、

「僕が死んだら、英子、怒って僕の首、けとばす？」

「先生の悪趣味！」

という短い会話があったというのだが、このときには、もうはっきりと「腹を切り、首を打ち落とされる」という、古来の切腹の儀式を考えていたことがわかる。

これは長い期間、考えに考えていた自決の方法だったと思われる。

そのために、昭和四十二年、死の三年前にさりげなく私のところ（光文社）の出版部を呼んで『葉隠入門』を書いたのではないかと思う。

もしかするとこれは、私だけの思い出、記憶ではないか、とも思うのだが、振り返って、彼の作品年表を繰ったりしていると、どうも私と知り合った頃から、死への第一歩を踏み出したような気がしてならないのだ。

『おわりの美学』にしよう、と強引に連載テーマを変更したり、一緒に後楽園ジムに一年間通おうと誘ってきたり、「武士道といふは、死ぬ事と見付けたり」の一句で有名な『葉隠入門』を書くといったり、さらには珍しくというか、たった一回だけだったが、「楯の会」のメンバーに、手紙の書き方を教えてやってくれ、という信じられないような依頼をしてきたのだ。

これらを羅列しただけでも、この本の読者なら、死に向かって一直線に走っている三島由紀夫の姿を見るのではないか。

実はもう一つ、決定的な頼みがあったのだ。これもある日電話があったので、翌日訪ねたのだが、正確を期して、これも私の『出来ル女ハ本ヲ読ム』から抜粋してみよう。

三島は実に用意周到だった。遺作となったあの『豊饒の海』にしても、第四巻の『天人五衰』の最終原稿を渡す時刻まで、新潮社の担当編集者、小島千加子さんに指定している。

「明日原稿渡せるんだけどね、十時半頃来てくれるかい？」

小島さんはタクシーを拾うのに思わぬ時間がかかって、十分ほど遅れて三島邸に到着したが、そのときはもう彼は、市ヶ谷の自衛隊東部方面総監部に出かけたあとだったという。

私にも彼は、綿密なスケジュールの一端を見せた。

「櫻井君、悪いけど君に一人、女優の面倒を見てもらいたいんだが……」

死の二年前のことだった。

「いいですよ。雑誌で紹介するんだったら、いつでも構いません」

「いや、そういうことではないんだ。後見人になってくれればいいんだよ」

「一体、誰ですか？　その女優ってのは」

「村松英子さ。剛の妹だよ」

「わかりました。面倒を見ましょう。いい演技力をもっている有力新人じゃないですか」

村松英子は、その頃、NHKの朝の連続ドラマの主人公に抜てきされて、一躍人気が出ていた女優だった。三島はこの女優の、日本人離れした貴族性を好んでいた。『サド侯爵夫

女優、村松英子
三島由紀夫に才能を認められ、劇団N·L·T、浪曼劇場に参加。三島作品に多く出演している。上の写真は浪曼劇場公演「サド侯爵夫人」ルネ役（1969年）
◯写真提供＝村松英子氏

人』は、三島の原作と村松の名演で、評判の舞台となっていたのである。

（拙著『出来ル女ハ本ヲ読ム』より）

村松英子さんとは、取材などで会うようになったが、三島さんに頼まれたことを話したのは、その死後だった。

「そうでしたか、先生が」と呟いてから、彼女は私に「ありがとうございます」といって涙ぐんだのだった。

親友・村松剛が見た「冷静」と「快活」

こうしたいきさつがあって、村松英子さんと私とは、三島さんの死後、ずっとつき合ってきた。お互い、それが三島由紀夫への鎮魂だと信じていたのである。

三島さんはこうして、自分の死後の心配事を一つ一つ、消していったのではなかろうか。もしかすると私以外にも、別の心配事を頼まれた知人、友人がいたかもしれないが、それはわからない。しかし何人もいたと思う。それくらい三島さんの神経は、細かく行き届いていたからだ。

村松英子さんも私も、不安だけは黒雲のように湧いてくるのだが、最後まで話していったり、突き詰めていくと、毎回「まさか」という結論になっていたと思う。

近い人ほどそうだった。三島さんにもっとも近かった村松英子さんの兄、村松剛さんにしても、ほぼ同じ気持ちだったようだ。

予兆はありすぎるほどあったが、ただそれがあの日、あの形になるとは、誰も考えたくなかったのかもしれない。

あの衝撃の昭和四十五年（1970）は、もう五十年前のことになるが、私もこの期間、多くの人から「本当にわからなかったのか？」と、質問を受けてきた。それも私の無神経ぶりを、呆れたような目で見る人ばかりだ。

私はこれまで身近な人を四人、自殺で失っている。有名な川端康成先生もその一人であり、私の高校時代の後輩だった元講談社役員の息子もいる。あるいは評論家草柳大蔵の娘で、ニュースキャスターだった草柳文恵さん。日本初のヌードモデルとしてデビューした太田八重子も覚悟の自殺を遂げている。太宰治を加えるとすれば五人になる。

四人というのは多いと思うのだが、川端康成先生の場合は、まったく自殺の気配もなかった。むしろ先生が大きく笑った姿を初めて見たくらいだった。

ある関係者は「櫻井さんは川端先生の気鬱《きうつ》な日々を、一時的にも明るくするために現れた編集者でした」と、私にいってくれたが、三島由紀夫同様、自殺の気配はわからなかった。

太田八重子の場合は静岡県の一海岸から、海に入ろうという直前、海の家の電話から「櫻井さん、さよなら」という声が編集部にいた私に入ったのだが、死を現実のものとは思わなかった。それまで「女性自身」の誰も、死の気配に気づいていない。

みな衝動的に自殺したのではない。だがその気配があるかというと、そうとは思えないのだ。

三島さんの場合もそうだったが、気づかなかったのは、私だけではなかったのだ。いや、正確にいえば「気づいてはいても、気づきたくなかった」のだ。

村松剛の言葉を借りれば、

「予兆は、ありすぎるほどあったであろう。ただそれが十一月にあのような形で起こるとは、夫人をはじめ家族の人びとも含めて、だれも――決行に参加した五人以外は――知らなかっただけである」

仮にこの決行を知っている人物がいたとすれば、それは村松剛以外にいない。三島の周りには親しい保守派の論客として林房雄、伊沢甲子麿、藤島泰輔《たいすけ》など、錚々たるメンバーがいたが、心の中を打ち明けられるとしたら、村松以外いなかったろう。

それがわかるのは、楯の会の前身「祖国防衛隊」が結成され、政財界の協力をある程度、得られるとわかった昭和四十三年（1968）四月二十九日（天皇誕生日）、三島は第一期生十人を披露するため、高輪プリンスホテルに村松剛一人だけ呼んでいるのだ。

もしかすると、若干見栄っ張りの三島由紀夫としては、もう少し隊員の数が多くなったら、他の友人たちを招くつもりだったのかもしれない。この日の会の主目的は、各自が手分けして、第二期の隊員をふやそうというものだった。

しかしそれにしても初めての披露会に、村松剛だけを招待したというのは、いかに彼を信頼していたかの証明だろう。

もちろん村松剛も遊びでやっているとは、露ほども思わなかったろう。ただ彼を筆頭に、大勢の知人、友人たちが三島由紀夫の決死行を丸々信じられなかったのは、彼自身の明るい雰囲気だったのだ。村松剛はそれを「冷静と快活」と表現している。

さらに村松は楯の会の隊服ができてきた日に「一つのことをぼくと約束してほしい」と、頼んでいる。

「何かやるときは、必ずその時期について、事前に相談してほしい」

「よしわかった。必ず相談するよ」

この三島の約束を村松は信じたのだった。もう一人、信じた人がいる。三島由紀夫の母、倭文重さんだった。

「公威は何かやる前に、村松さんには必ず相談するといっていますから、安心です」

これは母堂から直接、村松剛が聞いたのではない。人伝てに聞いたと書いている。

密葬の日、村松は直接、母堂に何度も何度も詫びたという。

しかし三島が村松剛にも、決行について話さなかったのは、深く考えた結果ではなかったろうか。というのも新潮社の小島千加子さんも事件当日「十時半に来てくれるかい」と三島さんにいわれたという。しかし実はお手伝いさんがいうには「今日は十時過ぎに出かける。そのあとで小島さんが来るからそれを渡すように」と、先生から原稿を渡すように頼まれたというのだ。

「そのほかには何一つ音とてなく」の世界

仕組まれたすれ違いというべきか。小島さんが事件のことをまったく知らないように、三島さんは図ってくれたのだ。仮に小島さんが三島さんから直接、出かける寸前に手渡しで原稿を受け取っていたら、警察からいろいろ追及されるだろうし、マスコミから追い回されることは確実だ。

それを渦中の人にならないよう、優しい最後の思いやりを見せたに違いない。

村松剛についても同様の配慮を見せたのではないか、と私は考える。仮に村松さんが決行日を知っていたら、それこそ「共犯扱い」されただろう。これは自衛隊にとっても、警視庁にとっても大事件だったのだ。少しでも事件のことを知っていると睨まれたら、少なくとも参考人として連日、調べられたことは間違いない。

三島さんは親友との約束を忘れるような、そんな男ではない。わざと忘れたふりをして、迷惑をかけないようにしたのだ。そういう点は実に頭が回るし、できるだけ誰にも面倒をかけないようにするところは、他の何びとも真似できないだろう。

私は出版社に三十五年ほど勤務したが、そのうちの十五年ほどは、作家、マンガ家とつき合ってきた。総じてこれらの方々は、みんな優しい。叱られたり怒鳴られたりしたことは皆無だ。

その中でも三島さんは、いつ何をしても笑い声が絶えなかった。実際には誰でも日々、苦悩があるものだ。まして三島さんは、私たちの気づかなかった「ある月のある日」に、自死を決意している。

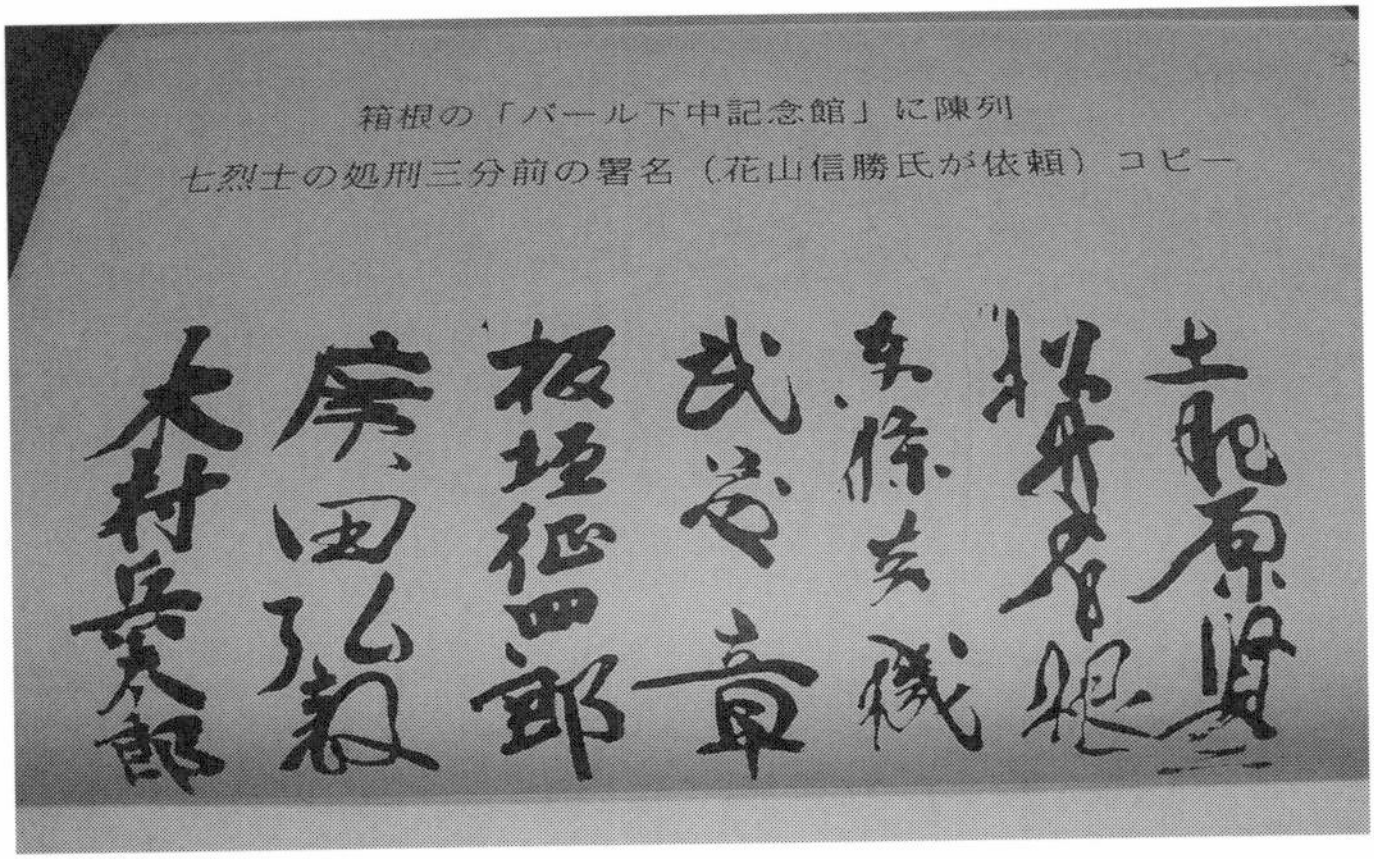

『世紀の遺書』より「七烈士の処刑三分前の署名」

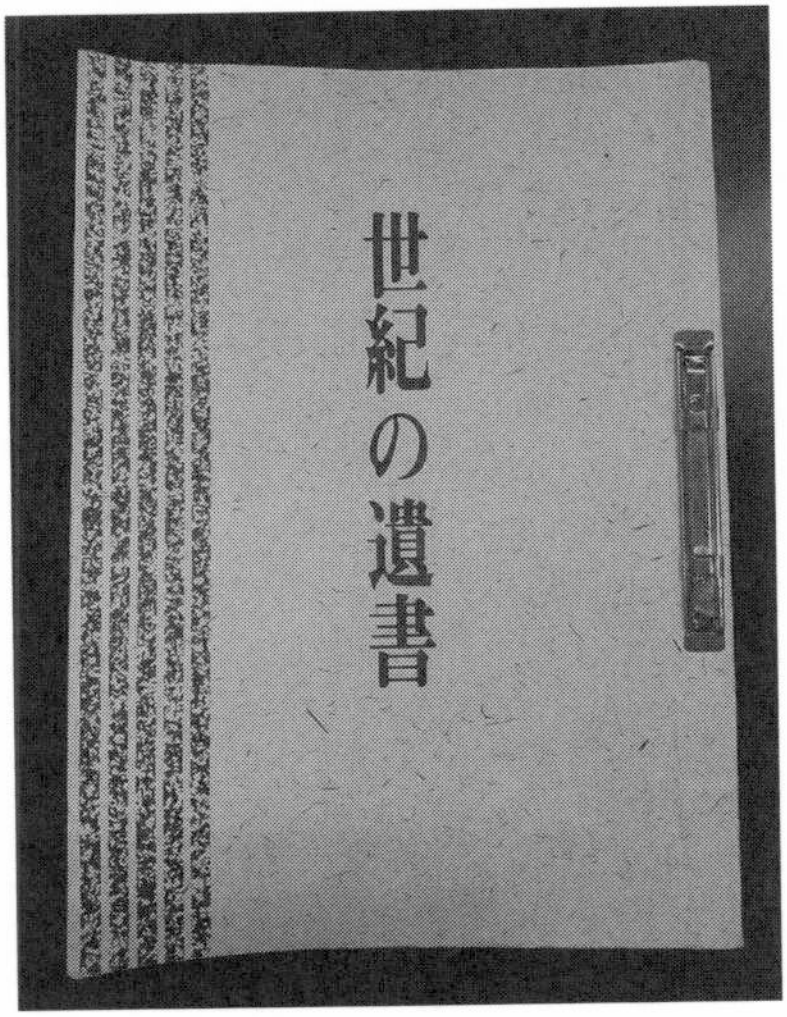

本当ならその日から、顔つきも行動も、いや、しゃべり方も変わるはずなのだ。

前にも書いたが、いま私の手元には『世紀の遺書』と題した一冊の私家版がある。三島さんが亡くなったあと二十五年ほどたって編まれたものだが、先の第二次世界大戦後に、A級戦争犯罪人として絞首刑に処せられた七名の烈士の遺書と、処刑三分前の署名が入っている。

ただその中でたった一人、板垣征四郎大将の筆は、まったく震えていない。堂々たる署名だ。蓮田善明の任地で、万一の場合は「板垣征四郎大将」を戴き、最後の一兵になるまで戦う、といわれた軍人だ。

日々死と対決している元軍人でさえも、自らの死を前にすると、平常心ではいられない。そんな中で三島さんは、死の直前まで原稿を書いていたのだ。

「そのほかには何一つ音とてなく、寂寞《じやくまく》を極めてゐる。この庭には何もない。記憶もなければ何もないところへ、自分は来てしまったと本多は思った。

庭は夏の日ざかりの日を浴びてしんとしてゐる。……」

「豊饒の海」完。
昭和四十五年十一月二十五日」

この原稿の筆跡は、いつもの原稿とまったく変わらない。丁寧に一字一字きっちり書いているし、ペン先もまったく震えていない。まったくいつも通りの筆使いだ。これが数時間後に切腹する人の文字かと疑ってしまうほど、平静そのものだ。

私は五十年前にこの文字を見たとき、さすがに『葉隠入門』を書いた作家は違う、と驚嘆したことを覚えている。

なぜこれほどの平静な文字を書けるのだろう？　この『葉隠入門』の中に、その理由が書かれていることに気づいたのだ。

「武士道といふは、死ぬ事と見付けたり。二つ二つの場にて、早く死ぬはうに片付くばかりなり。別に仔細なし。胸すわって進むなり」

これは「葉隠」の中でもっとも有名な一節だが、口述者の佐賀鍋島藩士、山本常朝《じょうちょう》は「もし人間が行動を誤るとすれば、死ぬべきときに死なないことだ」と考えた。「二つ二つの場」とは、生きるか死ぬかの場合という意味だが、そんなときに逃げて生きようとは思わず、すぐ死ぬことだ、死ねば万事済むのだ、と考えたのだ。

三島由紀夫はさらに「切腹という積極的な自殺は、西洋の自殺のように敗北ではなく、名誉を守るための自由意志の極限的なあらわれである」と説いている。

極東軍事裁判法廷で宣告された絞首刑は敗北であり、だからこそその屈辱によって、筆が震えることもあるだろう。それも恐怖とはかぎらない。

しかし三島由紀夫の場合は、名誉のために自由意思で死を選ぶのであって、敗北でもなければ、恐怖でもない。震える理由も道理もないのであった。

そうなると、この本が出版された昭和四十二年（1967）九月には、三島さんは切腹を覚悟して日常を過ごしていたことになる。

それでいて日々、大きな笑い声が響くのだ。いま振り返っても、三島さんの顔といえば、私は笑顔しか思い出せない。大作家というと威厳正しく、いかめしいイメージを持たれる

昭和四十五年三月一日撮影

○写真提供＝ Mondadori ／アフロ

人も多いかもしれないが、私にとっての三島さんは、そうでなかった。いつも気さくで明るく、そんな人柄に惹かれた人たちに囲まれていた。しかしその内面は、自分の考え方をわかってくれる人の少ない寂しさが、大きく広がっていたに違いない。

用意周到な当日のスケジュール

これはのちにわかったことだが、三島さんは実に綿密に事を運んでいた。

その朝、新潮社の小島千加子さんが午前十時半に呼ばれていたことは、すでに前に書いたが、そのほかに、死場所となった自衛隊市ヶ谷駐屯地の近くの市ヶ谷会館に、二人のマスコミ関係者が呼ばれていた。

一人はＮＨＫ記者伊達宗克氏であり、もう一人は「サンデー毎日」編集部の徳岡孝夫氏だった。

この二人に三島由紀夫は、正確にその日の出来事を話し、書く側の証人として、直筆の手紙を渡すと同時に、最初から最後まで状況を見てほしい、という旨を依頼したのだった。伊達さんにはNHKテレビ、徳岡さんからは毎日新聞、サンデー毎日、TBSに、正しい報道が伝わるように、との考えだった。それは実に用意周到な選択だったといえる。

仮にこの二人がいなければ、意図も行動もすべて憶測になってしまっただろう。

徳岡氏は当時の12月13日号「サンデー毎日」に、その手紙を公開している。長文だが、事件の全貌がわかるので、掲出してみよう。

「前略

いきなり要用のみ申上げます。

御多用中をかへりみずお出でいただいたのは、決して自己宣伝のためではありません。事柄が自衛隊内部で起るため、もみ消しをされ、小生らの真意が伝はらぬのを怖れてであります。しかも寸前まで、いかなる邪魔が入るか、成否不明でありますので、もし邪魔が入って、小生が何事もなく帰ってきた場合、小生の意図のみ報道関係に伝はったら、大変なことになりますので、特に私的なお願ひとして、御厚意に甘えたわけであります。

小生の意図は同封の檄に尽されてをります。この檄は同時に演説要旨ですが、それがいかなる方法に於て行はれるかは、まだこの時点に於て申上げることはできません。

何らかの変化が起るまで、このまま、市ヶ谷会場ロビーで御待機下さることが最も安全であります。決して自衛隊内部へお問合せなどなさらぬやうお願ひいたします。

市ヶ谷会館三階には、何も知らぬ楯の会会員たちが、例会のために集ってをります。この連中が警察か自衛隊の手によって移動を命ぜられるときが、変化の起った兆であります。そのとき、腕章をつけられ、偶然居合せたやうにして、同時に駐屯地内へお入りになれば、全貌を察知されると思ひます。市ヶ谷会館屋上から望見されたら、何か変化がつかめるかもしれません。しかし事件はどのみち、小事件にすぎません。あくまで小生らの個人プレイにすぎませんから、その点御承知置き下さい。

同封の檄及び同志の写真は、警察の没収をおそれて差上げるものですから、何卒うまく隠匿された上、自由に御発表下さい。檄は何卒、何卒、ノー・カットで御発表いただきたく存じます。

事件の経過は予定では二時間であります。しかし、いかなる蹉跌が起るかしれず、予断を許しません。傍目にはいかに狂気の沙汰に見えようとも、小生らとしては、純粋に憂国の情に出でたるものであることを御理解いただきたく思ひます。

万々一、思ひもかけぬ事前の蹉跌により、一切を中止して、小生が市ヶ谷会館へ帰つて来るとすれば、それはおそらく、十一時四十分頃まででありませう。もしその節は、この手紙、檄、写真を御返却いただき、一切をお忘れいただくことを、虫の好いお願ひ乍らお願ひ申上げます。

なほ事件一切の終了まで、小生の家庭へは直接御連絡下さらぬやう、お願ひいたします。ただひたすら一方的なお願ひのみで、恐縮のいたりであります。御厚誼におすがりするばかりであります。願ふはひたすら小生らの真意が正しく世間へ伝はることであります。御迷惑をおかけしたことを深くお詫びすると共に、バンコック以来の格別の御友誼に感謝を捧げます。

怱々

十一月二十五日

三島由紀夫

徳岡孝夫様

二伸　なほ同文の手紙を差上げたのは他にＮＨＫ伊達宗克氏のみであります」

徳岡さんはこの手紙のほかに、写真を七枚受け取っている。五人一組のが一枚、一人ずつのが全部で五枚、森田必勝のだけが別に一枚。それぞれに裏面に姓名、生年月日、出身地が自筆で書き込まれていたという。

なお五人とは、この決行に参加した三島由紀夫、森田必勝、古賀浩靖、小賀正義、小川正洋を指す。

「憂国」の念は受け継がれているか

三島由紀夫の死後、私は作家の藤島泰輔に相談した。彼は三島さんと同じ学習院高等科の出身だった。私より二歳年下で、現上皇の皇太子時代の学友だった。それもあって三十一歳のとき発表した皇太子を小説化した『孤独の人』は、大きな反響を呼んでいた。

作家に詳しくない人なら、ジャニーズ事務所を弟、ジャニー喜多川氏と共に創設したメリー喜多川さんの夫というほうが、わかりがいいかもしれない。

彼は学習院の校友雑誌「輔仁会雑誌」の編集に携わっていたこともあり、三島さんに可愛がられていたので「天皇制と三島由紀夫」の観点から書いてもらえないか、と頼んだのだ。

新雑誌「微笑」に連載された『皇太子殿下に捧げる手紙』は、三島由紀夫がどのように天皇制を考えていたかが、非常によくわかる一文となった。また三島由紀夫が「いいたかった。知ってほしかった」と思われる心も、はっきり書かれている。

つまり三島由紀夫は「天皇、あるいは皇太子殿下という存在を〝普通の人〟にしてはダメだ」といっているのだ。それは『英霊の聲』の中にも出ている。

「などてすめろぎはひととなり給いき………」

「どうして天皇は人間宣言などされたのでしょうか」と、三島はこれによって、日本という国がバラバラになってしまった、と失望の色を隠していない。

藤島泰輔はこの原稿の中で、晩年の三島（由紀夫）さんの「自分は見えない天皇に忠義を尽くすのだ」という言葉が、最近になってようやくわかるようになってきた、と書いている。

私も三島さんと八年間つき合っていると、ほぼその心中はわかっていたが、不思議なのは、女性週刊誌の中でも、皇室を国民的にしたトップ雑誌である「女性自身」編集長の私を、なぜか退けなかったことだ。

連載を一年間つづけていれば、その誌上で、いやでも編集長の私の皇室観を見てしまう。普通に考えれば、そんな週刊誌に書きたくない、と思うだろう。

しかし三島さんのすごいところは、それはそれ、これはこれと、きっちり分けられる点にあったと思う。

さらに「せっかくの機会だから、新人の横尾忠則さんにイラストを描いてもらってくれないか？」と、その前年に三島さんが出会った横尾さんを、わざわざ私のところまで訪ねさせたほどだ。

横尾忠則といえば、すでに世界的な名声を博しているが、その頃は三十歳そこそこだったと思う。まだ若い横尾さんの才能を買ったところは、さすがだった。

このように、三島さんは最後まで、一人ひとりの才能や能力を見抜く力があった。

市ヶ谷の陸上自衛隊総監部での事件でも、約百名ほどの楯の会々員の中から、四人を同行させている。

森田必勝は第二代学生長であり、第一班々長でもあるので当然として、古賀浩靖は他の

自宅で執筆中。写真説明には「『人間天皇』を批判、近作の小説に発表。『陛下は神であられるべきだった』と主張、物議をかもしだしている」とある（1966年5月撮影）
◯写真提供＝毎日新聞社

二人の班長に比べて、ワンランク下の第五班副班長である。

しかしその副班長が、みごとに三島さんの首を介錯《かいしゃく》する手柄を立てている。いや、実はそれだけではない。十一月二十五日、当日に召集をかけられたのは、全体の三分の一だった。特に市ヶ谷会館に集合を命じられたのは、その年入隊したばかりの「新兵」だけだったという。

そういっては何だが、隊長の三島は最初から期待していなかったのではないか？　村松剛はこの日の決起は、最初から「無駄死に」であることを知っていたのではないか、とその著『三島由紀夫』限定版に書いている。

つまり「無駄死に覚悟の『諫死《かんし》』だった」というのだ。そうでなければ、全員に集合を命じていただろうし、檄文の最後に、

「われわれは四年待った。最後の一年は熱烈に待った。もう待てぬ。自ら冒瀆する者を待つわけには行かぬ。しかしあと三十分、最後の三十分待たう。共に起って義のために共に死ぬのだ。日本を日本の真姿に戻してそこで死ぬのだ。生命尊重のみで、魂は死んでもよいのか」

と訴えはしなかったろう。「四年待った」というのは、彼が初めて、たった一人で自衛隊に体験入隊してからの年月を指す。

しかし私はまったく無駄死にとは思っていない。魂は死んでいないと思うのだ。というのは、死後五十年たっても、多くの人が三島由紀夫の死を記憶しているからだ。

命日にちなんでの「憂国忌」は毎年行われている。第一回は「三島由紀夫追悼の夕べ」だが、これがのちに「憂国忌」となっている。

初回追悼会の代表発起人、川内康範、五味康祐、武田繁太郎、藤島泰輔、北条誠、保田與重郎、山岡荘八氏は全員、私の担当作家であり、もっとも親しい人たちだった。それだけに三島由紀夫とのつながりも、絆もよく見えていた。

しかし五十年の年月は、これらの作家たちの命も奪っていった。誰ひとり生きてはいない。だが国を憂える気持ちは、大衆の中に、いまでもしっかり残っていると思う。

第五章

辞世

——三島由紀夫は何を遺したか

もし、われわれが生の尊厳を
それほど重んじるならば、
どうして死の尊厳をも重んじない
わけにいくであろうか。
いかなる死も、
それを犬死と呼ぶことはできないのである。

――『葉隠入門』より

「三島事件」は何を伝えたか

昭和四十五年（1970）十一月二十五日は水曜日だった。光文社を組合騒動で退社した私たち四人の元役員は、靖国神社近くの九段下に、祥伝社という新しい出版社を発足させることになった。

この日は、社員の最終選考日である。スタートしたばかりの祥伝社は、一部屋しかなかったので、面接は九段のホテル、グランドパレスの一室で行っていた。面接は順調に進んで、なかなか頼もしい若者が合格しつつあった。早めの昼食にしようかと、午前最後の学生と話し合っていた。

そこに突然、あわてたように総務課の社員が入ってくると、面接の邪魔をしないように一枚の紙片を私の目の前に置いた。

「三島由紀夫先生が市ヶ谷の自衛隊に突入しました。まだ詳細は不明です」

私は思わずその社員の顔を見つめた。

「ちょっとそこに座って待って」

といって、面接をつづけた。その学生が出て行ったところで、その紙片を三人の役員に見せた。

全員が驚愕の声を挙げた。市ヶ谷の自衛隊駐屯地といえば近い。

「面接を一時中止にしますか？」

思わず私はそう提案したが、そうはいかない。私は、隔週刊の女性誌を自分が創刊するための社員を必要としていたので、中止するわけにも、私だけ席を抜けるわけにもいかないことは、わかっていた。

また出版部を新設する伊賀弘三良は、三島さんの『葉隠入門』の光文社出版局担当役員でもあったのだ。

それに私は、この新雑誌に三島さんの連載を考えていたのだ。なんてトンマな男だろう。

何を俺は考えていたんだ！　何年、先生とつき合っていたんだ！

「いつかは何かある！」とは考えていたし、村松剛さんとも、そんな話をしていたのに、なぜ、先生の心の中がわからなかったのだろう。

「櫻井君は、俺がいろいろ頼んだことでわかってくれたかと思っていたが、何一つわかっていなかったのか！」

三島先生のあの大声が、頭の上から落ちてきた感じだった！

あまりにも衝撃が大きく、面接を終えてすぐホテルのロビーのテレビを見に走ったが、観客が多く、遠くからしかわからなかった。テレビが彼をまるで狂人のように扱っていたのが、強く印象に残った。

私はその日から、どういう形でこの「三島事件」を、新しい雑誌で扱ったらいいか、考え抜いていた。

しばらくの間はテレビも新聞も、異常行動扱いするか、超右翼的な行動者として扱うか、そのどちらかだった。たしかに、まったくそれまで、三島さんの名前も行動も知らない人たちにとっては、そうとしか思えなかったろう。

割腹、自刃という行動は、昔の武士の作法をまったく知らない人たちにとって、狂気としか見えなかったし、東部方面総監部のバルコニーでの演説も、英雄気取りにしか思えなくて当然だった。

そのときは私たち一部の友人、知人たちを除いて、まだ誰も、こんな形で三島由紀夫が死ぬ、なんて思っていなかったからだ。

もちろん私は、演説が終わった瞬間に、三島さんの自刃を覚悟したが、もしかすると自衛隊員に取り抑えられるのではないか、という想像も頭をかすめた。

しかし結果は、みごとな自刃であり、作法通り介錯されていた。

私はほかの人よりも、切腹の作法については、少しだけ詳しい。それは二十二歳で光文社に入社したとき、時代小説、歴史小説の担当にさせられたからだ。

このときはまだ、歴史ものの大作家になった「司馬遼太郎」という作家はいなかった頃で、私が編集者になって二年後から、この作家は活躍し出すのだった。

私は司馬さんの一世代前の村上元三、山岡荘八、海音寺潮五郎など大先生方の担当で、刀の扱い方、切腹の作法などを、きびしく教えられていた。なぜ編集者がそんなことを教えられたのかというと、挿絵を依頼しなければならないからなのだ。絵の構図を間違えると、担当編集者の責任が問われる時代だったのだ。

特に介錯はむずかしく、三島さんのときはあとで聞くと、森田必勝は失敗したようで、「浩ちゃん頼む」といって、古賀浩靖に刀を渡したという。古賀は首の皮一枚残すという、古式通りの介錯を終えたというから、すばらしい太刀筋だ。

美学を通した切腹と介錯の作法

「苦痛は腹の奥から徐々にひろがって、腹全体が鳴り響いているようになった。それは乱打される鐘のようで、自分のつく呼吸の一息一息、自分の打つ脈搏《みゃくはく》の一打ち毎に、苦痛が千の鐘を一度に鳴らすかのように、彼の存在を押しゆるがした。中尉はもう呻《うめ》きを抑えることができなくなった。しかし、ふと見ると、刃がすでに臍《へそ》の下まで切り裂いているのを見て、満足と勇気をおぼえた。

血は次第に図に乗って、傷口から脈打つように迸《ほとばし》った。前の畳は血しぶきに赤く濡れ、カーキいろのズボンの襞《ひだ》からは溜った血が畳に流れ落ちた。……」

短篇「憂国」の最後のシーンだ。叛乱軍に加わることができなかった中尉が、妻と心中する物語だが、この自刃の描写は、まったく三島由紀夫の最期そのものである。

三島さんの切腹の傷は、臍を中心に真一文字に十三センチ切り裂かれていた。深さは七センチに達していた。これはみごと、というほかはない。

よほどの精神力がないと、深さ七センチまで短刀を突き立てただけで、横に十三センチも真一文字に切ることはできない。そのあと三島隊長につづいて切腹した森田必勝もみごとだった。

森田は三島由紀夫を介錯した古賀浩靖に「頼む」といって、切腹しながら、古賀に「まだまだ」「よし」と合図している。これもよほど胆力が据《す》わっていなければ、できない技だ。

私は二人を介錯した古賀浩靖こそ、この日の陰の主役だと思っているし、心から「よく介錯してくれました」と、感謝している。仮に介錯役があわててしまったら、二人は非常に苦しむことになる。

さらに古式に則《のっと》った、正しい切腹にならなくなってしまう。介錯役のむずかしさは、首の皮一枚残して、首を落とさないところにある。仮に落ちてしまったら、首が転がってしまう。それでは切腹の美学に合わない。武士は美学のために死ぬ、といっても過言ではない。

最後に皮を切ることによって、首をきちんと台座に置くことができるのだ。

これはのちのち、古賀が刑期を終えて出所してきたとき、ある人が「あの事件で何があなたに残ったか」と訊いたところ、古賀は黙って掌を上に向けて、じっと見つめていたという。二人の首の重さを量るように思えた、とその人は語っているが、それより私には、台座の上の二人の首に語りかけていたように思われる。古式通り終えたことの安堵感、満足感のほうが強かったように思われる。

この一連の美学を終えるために、森田も古賀も、関ノ孫六を三島にプレゼントした舩坂弘に連れられて、居合の達人のところで修練を積んでいる。古賀は元々、神奈川大学の剣道部員なので、力はあったのだ。それにしても実際の場で、二人の介錯を成功させた腕前と精神力はみごとの一言に尽きる。

私は古賀浩靖の兄さんの友人、甲賀元嘉氏を知っている。俳人である甲賀氏の話によると、浩靖は父親が本部講師をしていた「生長の家」の錬成舎に入っていたという。事件後は刑期を終えると生長の家の第二代総裁、谷口清超先生の実家である荒地家を引き継ぎ、荒地浩靖となって、米国で活躍していたという。

その後日本に戻り、現在は宗教活動を終えて、名字を変えて、故郷の九州で静かに暮らしているようだ。事件について聞いてくる人には、「古賀浩靖は死にました」と話しているという。すばらしい答え方だと思う。

楯の会メンバーの遺書と辞世

三島さんはマスコミ関係者には、愚直と思えるほど、楯の会のメンバーと個人的に接触させなかった。私は誰ひとり、メンバーを知らなかった。あとから思い返せば、万一プライベートに接触させたことで、秘密が漏れるというより、のちのち私たちに警察の取り調べや自衛隊の調査が入る危険を防ぐという、深い読みと親心があったのかもしれない。その代わり、楯の会そのものの儀式や訓練には、マスコミ各社に声をかけていた。これは公式行事なので、三島さんも安心だったのだろう。

しかしあるとき、三島さんからいつものように、会社に電話がかかってきたときは、違っていた。

翌日伺うと、初めて三階の一室に通されたのだった。それまでは応接間か、家族のプライベートリビング、あるいは書斎で会うのが、いつもの例だった。

三階はあとから増築しただけに、美しい感じだったが、なぜか私が通された部屋は、整理されていなかった。その理由は今でもよくわからないのだが、もしかすると、何か模様替えをしている最中だったのかもしれない。

珍しく夫人も姿を見せなかったし、お茶も出なかった。最初からプライベートな話をするつもりだったのだろう。それとも夫人にも聞かせたくないような話は、この部屋を使っていたのかもしれない。

ここで三島さんは、思いがけない頼みごとを私にしたのだ。

「楯の会のメンバーに、手紙の書き方や文章を教えてやってくれないか」

「それは構いませんが、先生のようなわけにはいきませんが」

「それでいい。普通の文章でいいんだ」

日本でも名だたる名文家が、手紙の書き方を、私から隊員たちに教えてやってくれ、というのは奇妙な話だった。隊誌のために、編集の初歩を教えてくれ、というのならわかるが、手紙の書き方とは。

三島さんは大分前になるが、私に文章の書き方の基礎を教えてくれたことがある。

「同じ言葉、表現を二行先くらいまでは使うなよ」

これは彼の『文章読本』に出ている表現だが『レター教室』を「女性自身」連載中に、三島さんから出た言葉だった。この『文章読本』は中央公論社から、すでに単行本になっていたが、私はその本の基になった、朱線があちこちに引いてある「婦人公論」昭和三十四年新年号の付録を持っていったのだ。

今この付録は、セロテープでやっと付録本の形を留めて、私の書棚に、朱線が引かれたままで残っている。

その部分は「文章の実際―結語」という章なのだが、実に参考になる。一例を出すと、

「また私は『潮騒』のやうな物語的小説では『……であった』といふ語尾をたびたび使ひました。この言葉は物語的雰囲気を強めます」

『彼女』といふ言葉は日本語としてまだ熟していないものをもってゐて、『彼女』が無神経に乱発される小説を読むと、私は眉をしかめます。

そこで女性の登場人物の場合には、私は努めて女性の名前を何度も繰り返して使って、なるべく彼女といふ言葉を避けるやうにいたします」

「私はまた、二、三行ごとに同じ言葉が出て来ないやうに注意します。一例が、まへに『病気』と書いたときは、次には『やまひ』と書かうとします。また古い支那（中国）の対句の影響が、私のうちに残ってゐて、例へば『彼女は理性を軽蔑してゐた』と書くべきところを、『彼女は感情を尊敬し、理性を軽蔑してゐた』といふやうに書くことを好みます」

もしかすると、それを思い出して、私から隊員たちに基礎を教えさせようと考えたのか

もしれない。

ただ返す返すも残念なことに、私が光文社闘争に巻き込まれて、その後、三島さんのところにも伺えなくなったことで、この企画はできなくなってしまった。

決起のあとで、楯の会々員の遺書と辞世を見て驚いたのだが、胸を打たれるすばらしさだ。もしかすると三島さんは、私のほかに、和歌の師もつけていたのかもしれない。

今日にかけて　かねて誓ひし我が胸の
　思ひを知るは　野分のみかは
　　　　　　　　　　森田必勝

火と燃ゆる　大和心を　はるかなる
　大みこころの　見そなはすまで
　　　　　　　　　　小賀正義

獅子となり　虎となりても　国のため
　ますらをぶりも　神のまにまに
　　　　　　　　　　古賀浩靖

ただこの三首を読むと、旧かな遣いになっている。となると、三島さんが手を入れたか、手を取って教えたか、とも考えられる。旧かなは私の年齢でも中学三年までしか教えられていない。

あるいは三島さんと同年齢か、年上の師がいたのだろうか？　それにしてもみごとな辞世だ。

妻、瑤子夫人の覚悟

三島由紀夫を書いていくと、どうしても瑤子夫人の姿が浮かび上がってくる。私が先生のお宅に伺い始めてから、夫人の不機嫌そうな顔をしている姿を見たことがなかった。

小柄な体が蝶のように舞っている、と形容してもいいかもしれない。「おーい」と呼べば、

瑤子夫人と三島由紀夫
(「サンデー毎日」1970 年 6 月 21 日号)
◯写真提供＝毎日新聞社

いつでもヒラリと飛んでくる。一家の主婦というのは、家事だけでもいろいろあるし、私が出入りするようになった頃は、長女の紀子さんにつづいて、長男の威一郎さんが生まれた頃だった。

それにもかかわらず、客があると必ず、夫人が出て応対する。それこそ子どもの泣き声が聞こえてくるような家ではなかったし、それが三島家の流儀だった。

常に作家・三島由紀夫の姿であり、それ以外の姿を見たことがなかった。『豊饒の海』を担当した新潮社の小島千加子さんは、いつも指定される時間が「昼の十二時過ぎであることが多かった」と回想している。それこそランチが「瑤子夫人の神技に近い早業で調えられるのが例であった」と書いている。調えられている品は、夫人がわざわざ求めてきた珍しい鮨であったり、季節のものがあしらわれた素麺であったり、単なる有り合わせのものとは思えない、心のこもった昼食だったという。

私は週刊誌の編集者ということもあり、三島さんはその辺の時間配分をよく知っているので、ほとんどが午後二時過ぎに指定される。さすがに深夜帯が仕事時間になっている週刊誌編集長には、午前中は無理な時間帯であることを、よく知っていた。それだけに三島家で食事をいただいたことは、一度もなかった。

私が瑤子夫人に感心、というより感動したのは、夫が日一日、死に近づく道を歩いている姿を見ていながら、それを止めなかった点にあった。いや、夫婦間で何か話が出たのかもしれないが、私たちにはそれをまったく見せなかった。

瑤子夫人は三島さんよりひと回り下だった。結婚年齢は、夫が三十三歳に対して、妻は二十一歳だった。「若い奥さんをもらった」といって、三島さんは結婚当初は大喜びで、仲間に自慢した、という話も伝わっている。実際、そう書いた原稿も残っている。私が伺い始めた頃は、まだ夫人は二十代だったのだ。日本女子大を中退して結婚している。

しかし世間は三島夫人がそんなに若いとは知らない。また夫人も「まだ何も知らない若輩です」と逃げるわけにもいかない。その点、同じ敷地に姑である夫の母親、倭文重さんがいたのは、心強かったろう。

それでも考えてみれば、二人が過ごした結婚年数は、わずか十二年にすぎない。それも夫は世間を騒がせて死んでいったのだ。普通の夫婦だったら、妻は逃げていったかもしれない。三十そこそこで、大きな責任を全部かぶることになるのだから。

しかし瑤子夫人は、すべてのむずかしい事柄を間違いなく処理している。それこそ葬儀ひとつにしても、普通であれば喪主がすべてを決められるものだが、この場合は違った。偶発的に起こったことにせよ、夫は自衛隊の人々を傷つけた立場の人なのだ。

夫人は村松英子さんの『三島由紀夫 追想のうた』によると、

「瑤子夫人の悩みは、偶発的な不幸から、先生方（夫と楯の会幹部）が傷つける結果となった自衛隊の方々のことだと仰いました。あらゆる形での『償い』を考えていらしたようでした。

対外的には『閉門蟄居《へいもんちっきょ》』をなさり、『私は武士の妻でございますから』と、どんな中傷にも沈黙を守り続けたのでした」

社会的に複雑な立場に置かれた妻として、その年齢では信じがたいほどの、りっぱな覚悟を示した。実際のちに、市ヶ谷自衛隊の総監室を一部破壊したということで、詫びと共に、修理に要した金額を負担したと伝えられている。

私は多くの作家の妻を知っている。作家の体質にもよるのだろうが、編集者が伺っても、顔を見せないお宅もある。お茶などはお手伝いさんが出すだけで、あとはすべて作家本人がやることになる。

しかし私が編集者時代は、こういう先生は珍しかった。ほとんどが「夫婦相和し」ではないが、お茶を運んでくると、しばらく雑談するか、そのまま清書したり、資料整理に没頭する夫人が多かった。これによって作家個人ではなく、家庭とつき合う形になっていくのだ。

川端康成先生のところも、仕事の話が一段落すると、夫人がやってきて、話に加わるのだ。あの日本一気むずかしいといわれる先生でも、奥様から注意されると、照れたような顔でこちらを見る。どこの家庭でも見られる風景となる。

しかし時代と共にこの形は少しずつ影を潜め、編集者は作家と電話で話し、原稿はパソコンから送信されてくるようになった。また会うときには、ホテルのロビーか近くのレストラン、カフェが多くなる。そのため、担当作家の自宅に一度も伺ったことがない、という編集者が多くなってしまった。

そうなると、夫人の名前も顔もまったく知らない、というつき合いが当たり前になっていく。これにより作品の傾向や質、内容にも影響が出てくるのは当然だ。

この傾向は赤川次郎世代からだ、といわれている。そうだとすると、昭和五十一年（1976）以降になる。三島さんが亡くなって、五、六年後から始まった傾向といえそうだ。いわゆるプライバシー時代の始まりだ。これ以後、有名人だけでなく無名の普通の人の家庭でもプライバシーがきびしくなった。

しかし三島家はまったくオープンだった。もちろん知り合って最初の頃は、応接間での応対であり、他の作家とまったく同じだ。ところがだんだん親しくなると、家族の使うテーブルに呼ばれるようになっていく。

さらには、書斎に呼び込まれるようになるのだ。ここまで進めば、三島由紀夫担当編集者として一人前だ。

これは他の作家でも同じだが、書斎を見ればその作家のいま進めている目標が、ほとんどわかるからだ。一般人の書斎は、その人の持っている本が並べられている。それに対して一流の作家になると、これから書くか、いま現在書き進めている作品に必要な書籍や資料が並んでいるものだ。

だから、できるだけ少数の人にしか見せない。また資料のいらない作家もいる。仮に銀座のクラブをテーマにする作家は、ほとんど資料が必要ないだろう。そういうタイプの作家の机の上は整頓されている。

反対に時代小説や三島さんのように一冊一冊、異なるテーマで書く作家の机の上は乱雑だ。『豊饒の海』担当者の小島千加子さんの著書には、書斎の著者の写真が一枚掲載されているが、そこには「一九六九年。馬込のヴィクトリア王朝風のきらびやかな館も、書斎だけは深渕な〝学〟のうずたかい堆積で埋められてゐた。仕事につくときは、真中をかき分けられてアキをつくる」と記されている。

本当に机の上の小さな隙間に原稿用紙一枚をぎりぎり置いて、器用に書き始めるのだ。それでいて一字一句楷書体で書くのだから、見とれてしまうほどだった。

夫人はこの部屋に来ないようだった。ここは作家・三島由紀夫としての部屋だったのだ。夫の亡きあと、瑤子夫人は月に一回、あるいは二ヶ月に一回くらい、私より先輩の各社編集者たちに集まってもらっていた。互いに思い出話を出し合っていたのだろう。多分、夫人の心の支えになっていたに違いない。

そのメンバー表を見ると、結構のんべえが集まっている。恐らくこれは夫人の心遣いだろう。葬儀を含めて、ありとあらゆる用件が、どっと夫人に押し寄せたことは間違いない。この時代は作家の葬儀には各社から裏方が出て、テキパキと面倒な用件をこなした。どこにも社名も編集部名も、本人の名前も出ないし、何を話し合ったかも残っていないが、ちゃんと各社の裏方部隊が集まるのだ。私も一時期、それに加わっていたが、出版界の非常にいい方法だった。いまでも残っているのだろうか?

夫人はそのことを知悉《ちしつ》していたので、あとあとまで「お疲れさま会」をつづけていたのだろう。すばらしい作家の妻だった。

夫人が大変だったのは、この時期、二人のお子さんを学校に通わせていたことだった。できるだけ自分で運転して、送り迎えをしていたという。

上のお嬢さんは、事件のときは十一歳になっていた。下の威一郎さんは八歳だった。

事件当日も夫人はお子さん二人を乗せて、学校に送っていったあと、いつものように乗馬の練習に馬事公苑に向かう途中、家に電話を入れて、家政婦から事件を知らされている。

私はここに、三島由紀夫のすごさを思うのだ。事件当日、三島さんから「依頼」されたのは三人だった。

新潮社の小島千加子さん、「サンデー毎日」の徳岡孝夫さん、それとＮＨＫの記者、伊達宗克さんだ。もちろんこの三人も、これから大事件が起ころうとは、露ほども思っていなかったろう。

それに三島さんは、自分の妻にも「今日が今生での別れの日になる」姿を見せなかった、わからせなかったのだ。いやそれだけではない。子どものカンは鋭いが、二人の子にも、いつもと同じ顔、同じ声で学校に送り出しているのだ。

いかに『葉隠入門』を書いた作家であろうとも、いかに山本常朝に心酔していても、その思想を平静に実行できるものだろうか？　口では偉そうなことをいい、話術で感動させる男はいくらでもいる。

では夫人はそんな夫の最後の態度を、罵《ののし》ったり、当たり前のように泣き叫んだりしただろうか？　そんな姿は誰も見ていない。その日からの三島邸も夫人の周囲も、空気は一変してしまったが、誰に聞いても夫人の態度はしっかりしていたし、冷静だった。

本葬には、極左勢力が会場を襲うとか、右翼が車を何台も乗りつけるだろう、という噂も飛び交っていた。全学共闘会議と新左翼の学生は二年ほど前、東大の安田講堂を占拠するほどの力を持っていたのだ。

また一年半ほど前には、三島由紀夫を呼んで、東大駒場キャンパスで討論会を開いたが、子どものようにあしらわれた、という噂が広まり、左翼学生を興奮させていた。

本葬は昭和四十六年（１９７１）一月二十四日に築地の本願寺で行われた。万が一事件が起こっても、境内に入れない寺院を選んだ、と噂されたが、ここに八千人もの参列者が集まったのだった。もちろん、ここを選んだのは、各出版社の裏方部隊である。

その意味では、憲法改正を叫んで、一身を犠牲にした三島さんと森田必勝の死は報いられた、といっていいかもしれない。

瑤子夫人は、三島家としての葬儀は神道にしていた。そこは実にしっかりしており、三島由紀夫の遺志をきちんと汲《く》み取っている。三回忌、七回忌ではなく、十年祭、二十年祭とつづけていたが、予想外なことに、夫が亡くなって二十五年目、突然のように逝ってしまった。

昭和四十六年一月二十四日、築地本願寺で行われた葬儀には八千人の参列者が詰めかけた

◯写真提供＝毎日新聞社

私はその前年、たまたま関西に所用があり、その帰りに新幹線に乗っていたのだが、東京駅近くになったとき、後ろの席から女性の声で、日本語と英語の会話が聞こえてきた。私は何気なく聞き流していたのだが、東京駅で気がついてみると、瑤子夫人だった。声をかけようとしたのだが、降りる客に隔てられて、そのまま姿を見失ってしまった。

それでも笑いも交じえた元気そうな声だったので、さほど「しまった!」という気にはならなかったのだが、予想外なことに翌年夏に急逝してしまった。村松英子さんは「二人で会おうと約束していた数日前に、夫人が亡くなってしまった」と書いているほどで、何か症状が急変したのだった。五十八歳の若さだった。

「最期の絶叫」は届いたか

「時が熱狂と偏見とを柔らげた暁には、正義の女神はその秤《はかり》を平衡に保ちながら、過去の賞罰の多くに、その所を変えることを要求する」

これは極東軍事裁判で日本無罪論を堂々と述べた、インドのパール判事の言葉だ。

パール判事はインドの法学者で、勝者の連合国軍が派遣した裁判官だったが、たった一人、「日本は無罪」を主張した。

このパール判事の言葉は、三島由紀夫事件にも当てはまるような気がする。五十年という時間が、あのときの熱狂と偏見を柔らげたのではあるまいか。さらに事件を起こした三島由紀夫に対する「犯罪者」という汚名は消えたし、いまは「憲法改正」も議論の対象になっている。

私の手元にある昭和四十五、六年の雑誌や新聞を見ると「トチ狂った場違いのピエロ」的な記事が多い。多くの人々は何が起こったのかわからなかったため書店に走ったが、そこには火事場を見たい人たちで溢れていた。

テレビはどの局でも、「最期の絶叫」を流していたが、現場にいて三島さんの肉声を聞いた私の友人にいわせると、集まってきた人の多くは、笑っていたという。

このあと、まさか切腹自害することになるとは、誰も思わなかったからだ。

私の後悔は、なぜその場に駆けつけなかったか、という一点にあるが、駆けつけたとしても、何ができたというのか！

むしろ五十年をへた今のほうが、世の中の目や声は平衡に保たれ、賞罰の「賞」がクローズアップされてきたのではあるまいか。

三島さんの主張は、当時より現在のほうがわかりやすいかもしれない。

憲法が改正されないことには、自衛隊は国軍となって日本を守れない。いまは違憲状態にある。それでは日本を守る軍隊ではなく、憲法を守る軍隊になってしまう。

「それでは本末転倒だろう？」と、彼はいいたかったのだ。日本という国を守る、ということは、天皇を中心とする歴史と文化の伝統を守るということであると、非常に明快な論理だ。

ところが五十年前には、天皇制打倒を叫ぶ左翼が非常に多かった。いや、それだけではない。すべて既成の権威を潰せという運動が高まり、企業の中も新左翼で埋まっていったのだ。

私のいた光文社は、「利益を出し過ぎていた」からなのか、出版界の新左翼の標的となり、役員総退陣というきびしい状況になってしまった。私は長いストの間、たった一人で外部のメンバーを頼りに「女性自身」を出しつづけていった。

当時の「女性自身」は最高部数が百四十七万八千部に達していたのだ。いまの週刊誌が束になっても、まったく敵わない部数だった。社員、記者、フリーのライター、カメラマンなど、総勢百数十名でつくられていた一大雑誌だった。その中の半数以上がストに入ったので、普通であれば出しつづけることは不可能だった。

しかし私は三島さんではないが、その当時の異常な新左翼の跋扈《ばっこ》する社会情勢に負けたくなかった。私はたった一人で、雑誌を出しつづけていった。編集部員ゼロ、編集長たった一人で、何週出しつづけられるか勝負だったが、たしか四週出しつづけていったと思う。

それでいて部数はまったく落ちていない。私は今でもこれを誇りに思っている。

仮に三島さんが生きていたら、まっ先に「よくやった！」と、ほめてもらいたいくらいなのだ。当時の組合員編集者の中には「女性自身」を出せなくして、有利な条件を引き出そうという人たちが多かったが、「櫻井編集長一人に負けました」と、闘争の終わったあとで、私にいってきた編集者が何人もいた。

それはともかく、そんな状況の中で、私は非合法的な大衆団交に引っ張り出されて、そこでとうとう倒れてしまったのだ。ほとんど寝ていない状態の中での団交だった。なにしろ大衆団交というのは、こちらが倒れるまで質問を続行する残酷なものだった。それでいて私がフラフラになって答弁しているのを、ゲラゲラ笑って見ているのだ。

私は東京外国語大学のロシア語学科出身だった。私の同期には左翼系のプロが何人もいて、陰で私の立場を危ぶんでくれたのだ。いまの中国でも裏では、非人間的な取り調べや交渉が行われているが、これは旧ソ連時代からの常套手段だった。

話は飛ぶが、昭和四十四年、三島さんが東大全共闘と討論したことがあった。私は長時間缶詰状態にされて、倒れるまで討論をつづけさせられるのではないかと不安視したが、三島さんのほうが一枚上手だった。

当時、左翼のトップにいた友人は私に、

「一対一、十対十の交渉の席には出てもいいが、一対多数の席には絶対出るなよ」

とアドバイスしてくれていた。私も彼とソ連国歌をロシア語で合唱した仲間でもあるので、独裁者スターリンのつくったやり方を承知していた。

スターリニズムとは恐怖と粛清の嵐といってていいかもしれない。大勢で一人を吊し上げる方法だ。中国の文化大革命もそれで、権力を失っていた毛沢東は、紅衛兵たちを巧みに使って、反対派を一人ひとり吊し上げていった。

この文化大革命は、昭和四十一年から昭和五十一年の十年間吹き荒れたが、まさに日本の学生たちによる新左翼運動がこの時期に当たる。昭和五十一年、中国では毛沢東が亡くなったことで、収まっていったが、それと同時に日本でも急速に学生運動が衰えていった。

これはまったくの仮の話だが、三島由紀夫があと六年我慢したら、日本の気運が大きく変わっただけに、その運命も違ったものになったかもしれない。

実際、あれだけ燃えさかった学生運動は、急速にしぼんでいったし、光文社もそれ以後は、打って変わったような社風になっていると聞く。

私は大衆団交の席で倒れ、そのまま救急車で病院に連れて行かれ、病室にいる間に、いつの間にか光文社の人間でなくなっていたのだ。光文社を辞めたという辞表も出していないし、証明もない。金銭はそれ以後一円も受け取っていないし、ロッカーと机の中の私物は全部、誰の手に渡ったのかわからないが、何一つ返却されていない。

それこそ机にしまっておいた現上皇のご真筆もどこかにいってしまったし、松本清張や三島由紀夫その他の方々の原稿、手紙、葉書類は、勝手に処分されてしまったのかもしれない。

いまの光文社の社員も役員も、信じられないだろう。いまのように落ち着いた時代に生きている人には、そんな無謀なことは考えもできないし、また三島由紀夫の行動自体、映画のワンシーンのようにしか思えない人が多いはずだ。

命をかけた三島由紀夫の抗議

ほとんどの人は知らないだろうが、あの狂気の時代に、日本を共産主義化しようと、暴力を振るっていた学生たちの中で、現在出世して、大学教授や有名評論家になって、のんき気に暮らしている男たちが大勢いる。若い人々を扇動したことも、当時、自分たちを教えてくれた教授たちを、石と罵声で傷つけたことも、口を拭っていればわからないのだ。

三島さんは、そういう人たちを心底から嫌っていた。思想は極左であろうが、極右であろうが、それが問題なのではなかった。卑怯未練な男たちを嫌ったのだ。

私は天皇を神格化すべきだ、という三島さんの思想と正反対の女性週刊誌編集長で、毎週皇室や美智子さまを扱っていた。しかしそれは私の信念であり、三島さんはまったく気にしていなかった。

三島さんは自分の生まれた年と太平洋戦争の時期、あるいは文学環境、学習院出身という立場などから、「天皇主義」になったのであって、一般人もそうなれ、とは一言もいっていない。

彼が憂えたのは、国を守るべき立場の自衛隊員に「その心がない」という一点だった。

散るをいとふ　世にも人にも　さきがけて
　散るこそ花と　吹く小夜《さよ》嵐

益荒男《ますらお》が　たばさむ太刀の　鞘《さや》鳴りに
幾とせ耐へて今日の初霜

これは死の前日、パレスホテルで認められた二首の辞世だが「自衛隊員なら散るのを厭《いと》うな、何年待ったと思っているのか」という、荒々しい気概が込められている。

この辞世は、西欧的な美を終生追求してきた三島由紀夫という作家としては、信じられないような純日本的な風景を切り取っている。これは二・二六事件に材を取った『十日の菊』『英霊の聲』をへたことによって、辿り着いた心境だったと、私は思っている。

私はこの三島由紀夫が好きだ。

私は若い頃から日本刀が好きだった。中学二年生の身で剣道の教師から日本刀を渡され、道場に座る同級生の頭上に、何回も振り下ろす練習をさせられた。同様に今度は、私が頭上に刀を振り下ろされる番になる。

この体験が出版社に入り、小説編集者になる頃になると、剣士を扱う作品を書いていただくようになった。特に三島由紀夫と同じ日本浪曼派に属していた五味康祐には、柳生新陰流と柳生一族を書いてもらうようになり、名刀もたびたび拝見するようになっていった。

三島由紀夫は関ノ孫六を持っていた。古刀としては、最上の大業物《おおわざもの》として知られている。彼は死を覚悟した昭和四十五年十一月十二日から東武百貨店で開催した「三島由紀夫展」で、この名刀を披露している。私はこのとき見ただけだ。

この関ノ孫六は、一緒に稽古をしていた舩坂弘氏から贈られたものだった。これを贈る、贈られるについてのいきさつは長くなるので、カッパブックス『関ノ孫六――三島由紀夫、その死の秘密』を読んでいただきたいが、三島の辞世にある「益荒男がたばさむ太刀の鞘鳴り」は、この関ノ孫六を指す。

ここで誤解、誤認を解いておきたいのが、あの事件のあと「関ノ孫六の刀身が曲がってしまった」という説だ。これは多くの著名人の原稿に書かれている。

そんなことは、有名な刀工が作刀した、日本刀にはあり得ない。まして関ノ孫六は「斬られたあと、念仏を二度唱えた」といわれるほどの斬れ味を示す。つまり斬られたことを気づかせないほどの名刀だ、ということだ。

この誤解は、事件後に出た時事通信社の写真が、たしかに曲がっているように見えるところから広がったと思われる。しかしよく見ると、鞘とつながっている刀身と思われるものは、ベルトであり、本物の孫六はその上に置かれている。

楯の会のベルトは特殊加工してあり、そのベルトに鞘紐がつながっている。刀が抜ける心配もなければ、鞘が落ちる心配もない。またこの関ノ孫六は軍隊用に若干拵《こしら》えを改めている。それは武士の場合は和服の幅広い帯にたばさむが、ベルトではむずかしいため、改装していたのかもしれない。

いずれにせよ、あの日から五十年たったのだ。パール判事のいったように「時が熱狂と偏見とを柔らげた」のではなかろうか。

私としては偏見を柔らげ、素直に三島由紀夫の行為への共鳴と共感を示してほしいと思う。

現在の日本は、まさに三島さんが危惧したような状況になっている。隣国の中国は隆々たる大国に発展しており、すでに戦力でも米国に並ぶところまで巨大化している。

中国の人民は日本国民と同じように、平和を求めているかもしれないが、人民を支配している共産党は、全世界の国々を、武力をもってしても、その指導下に置きたいと狙っている。

すでに日本の場合も、尖閣諸島は中国の領土といわんばかりに、船舶や航空機がわがもの顔に出没している。日本としては憲法を改正しないかぎり、自衛隊が出動できないし、仮に出動しても中国の戦力に敵うまい。三島由紀夫が憂慮したような事態が、日々高まっている。

この国は今、年を追う毎に高齢化するだけでなく、国民の人口が減りつつある。それだけではない。2025年には、日本国民の五人に一人は後期高齢者、つまり七十五歳以上になってしまうのだ。そこに中国人が日本の土地を買い漁《あさ》っており、中でも北海道はそのうち、一部は中国人の町になる危うさを抱えている。

戦わずして中国化する可能性も、ゼロとはいえない。百年近く日本の歴史を見ていると、私の生まれた昭和六年（1931）、中国に侵入した関東軍は、その後満州国を建国している。無謀とはいえ、そんなことができてしまうのだ。

それこそ百年後に、北海道に新しい外国が建たないとはいえないのだ。いや、正確にいえば「中国共産党革命100周年」に当たる2049年が、日本にとって真に危険な年になる。中国の属国にされる可能性が高いと警鐘を鳴らしたい。

「歴史は繰り返す」という言葉もあるではないか。三島さんの祖父は福島県知事のあと、樺太庁長官を務めている。この樺太は、力ずくでロシア（当時ソ連）の領土にされてしまった。

私は直接、そのことについて三島さんには訊いてはいないが、彼の歴史観の中に、深く刻まれている事実ではないだろうか？

憲法については、さまざまな意見があろうが、敗戦の歴史を身体で知っている私のような高齢者ほど、平和とか核廃絶とかいう尊い言葉を、軽々しく使えない。

しかし刻々と、日本に大変化が近づいていることだけは間違いない。三島由紀夫もあの世で、依然として危惧しているのではあるまいか。

おわりに——思い出を書き終えて

本来なら没後五十年となる記念の年であれば、私より三島さんの歳に、より近い編集者こそ「あの日」を書くべきだと思う。しかしそれらの編集者は全員が私より年上であり、先輩であり、ほぼ三島さんと同年齢だった。

そのため病の床に就くか、すでに亡くなっている。NHKの「クローズアップ現代」担当者も「川端先生と三島先生のお二人を直接知っている方は、櫻井さんしかいなかった」と話していたが、そうかもしれない。

三島さんの担当者は、先生とほぼ同年齢が多かったし、川端先生の場合は、出版社の社長か役員クラスがほとんどだった。そう考えると、私自身は大した業績を残せなかったが、多くの有名人の肉声を知っている、珍しい生き残り人間かもしれない。

長生きする目的は自分のため、家族のためと思ってきたが、実際はそうではなく、私には同時代人の体験や肉声を伝える重要な役割りがあることを、今回しみじみと知った。

私のような立場の男は、それこそ絶対「断捨離」はしてはならないことだったのだ。いま思い返しても、昭和四十五年（1970）の光文社闘争のとき、自分が勤める会社でありながら、自分の机とロッカーにまで辿り着けなかったことが悔まれる。組合員に阻《はば》まれ転がされようと、突入してでも、自分の資料を守るべきだったのだ。

「革命は歴史を消すことだ」といった人がいるが、まさにその通りで、特に私はロシア革命で亡命した元貴族の白系ロシア人講師に教えられたので、その感を深くする。できれば葉書一枚、書きかけ原稿一枚でも保管しておくことだ。

それでも一冊は書けるだけの資料や、三島さんの肉声、村松英子さんなどの思い出話など、五十年をへても集まってくるところがうれしいし、ありがたい。

私は長年マスコミの中で育ってきたが、文芸評論家、社会評論家とのつき合いは、ほとんどなかった。中でも週刊誌は一次産業のようなもので、採れたてのイキのいい生産物を市場に出さなければ、まったく売れない。いいの悪いのと、いってられないのだ。

たしかに現在、三島由紀夫の作品でも、置かれていた当時の立場や行動などでも、いくらでも評論できる。それは三島由紀夫にかぎらず、政治家でも同じだ。

私はそういう評論は、あまり好きではない。あとからなら何とでもいえる。後出しジャンケンのようなものだ。特に最近は、ネットやテレビで誰でも批評できる。それも悪口批評、批判ばかりだ。

三島さんは信じた道を全うしたし、それによって一時期、作品的に低迷していたこともたしかにあった。だが、低迷して書けなくなったから、自衛隊に突入したのではない。それは当時の政治情勢をまったく知らないか、無視した評論であって、いかにもありそうな考えだが、社会のことを知らない。いまの目で見ているだけだ。

私は同じ時代に三島さんと一緒にいただけでなく、私自身が沸騰した極左勢力によって、道をねじ曲げられただけに、あの当時の異常な社会情勢が痛いほどわかるのだ。

私はたった一人で毎号「女性自身」を編集していたので、組合は何とかして、雑誌を出させまいと、私を血眼になって探していた。ここで名前を出したら驚くような方が、私に隠れ部屋を提供してくれたほどだ。

これをある作家が知って、「櫻井編集長とご家族に万一何かあってはいけない」と、空気のような護衛をつけてくれたのだ。今これを書いていても、ずいぶん破壊的な社会状況だったなと思うのだが、三島さんはこの状況を、身体で変革しようと決意したのだ。

もちろん私たち知人、友人はそれほど愚かではない。薄々「本気なのだな」と気づいていたが、なにしろ三島由紀夫という人間は、明るいのだ。もちろん明るく見せていたのだろう。当時の友人たちもまったく同意見なのだが、残念ながら誰も、あの豪放磊落《らいらく》な人柄の裏まで見通せなかったのだ。

それは常識的に、本当に死を覚悟した人間は、顔に出るか態度に出る、と誰もが思っていたし、誰も三島さんの表情や日常から、それを見抜けなかったのだ。

もちろん、村松剛のように、「早まったことはするなよ」と、三島さん本人に釘を刺していた人もいる。しかし村松さん自身も書いているのだが、自分でいっておきながら、「まさかすまい」と、打ち消していたという。まさに三島さんは名優だった！

ともかく三島由紀夫は絶望を重ねていた。東大での討論会に集まった学生にも絶望していたし、自衛隊にも絶望していた。その結果、自衛隊で自死を選んだのだ。

果して現在、三島さんが生きていたら、希望を持つだろうか？

著　者

参考文献（三島由紀夫作品は除く）

小島千加子『三島由紀夫と檀一雄』構想社
林房雄・伊沢甲子麿『歴史への証言』恒友出版
村松英子『三島由紀夫　追想のうた』阪急コミュニケーションズ
『三島由紀夫』人と文学シリーズ　学習研究社
高橋敏夫・田村景子監修『文豪の家』エクスナレッジ
「昭和50年をつくった700人」「文藝春秋デラックス」増刊（第2巻 第3号）1975年春季号　文藝春秋
「憂国忌」第二回追悼記念号　憂国忌実行委員会
藤島泰輔『天皇・青年・死』日本教文社
村松剛『三島由紀夫』限定版　文藝春秋
新潮社編『グラフィカ三島由紀夫』新潮社
岡田一男編『世紀の遺書』私家版
櫻井秀勲『出来ル女ハ本ヲ読ム』図書館流通センター
「特集　三島由紀夫」「サンデー毎日」緊急増大号　1970年12月13日号　毎日新聞社
「三島由紀夫の総括」「サンデー毎日」緊急増刊　1970年12月23日号　毎日新聞社
「三島由紀夫　素顔の告白」「群像」2017年3月号　講談社
「三島由紀夫事件　まだ解けぬ五つのナゾ」「週刊読売」1970年12月18日号　読売新聞社
「最期の絶叫」「総集版・三島由紀夫のすべて」「週刊サンケイ」増刊号　1970年12月31日号　産経新聞出版局
「週刊現代」増刊　三島由紀夫緊急特集号　1970年12月12日号　講談社

●著者紹介

櫻井秀勲（さくらい・ひでのり）

1931年、東京生まれ。東京外国語大学を卒業後、光文社に入社、大衆小説誌「面白倶楽部」を経て、31歳で女性週刊誌「女性自身」の編集長に抜擢され、毎週100万部発行の人気週刊誌に育て上げた。そのなかで遠藤周作、川端康成、三島由紀夫、松本清張、五味康祐など文学史に名を残す作家と親交を持つ。55歳での独立を機に、『女がわからないでメシが食えるか』で作家デビュー。以来、『運命は35歳で決まる！』『人脈につながるマナーの常識』『子どもの運命は14歳で決まる！』『老後の運命は54歳で決まる！』『60歳からの後悔しない生き方』『70歳からの人生の楽しみ方』『昭和から平成、そして令和へ――皇后三代――その努力と献身の軌跡』『誰も見ていない書斎の松本清張』など、著作は210冊を超える。

三島由紀夫は何を遺したか

2020年11月25日　初版第1刷発行

著　者　櫻井秀勲
発行者　岡村季子
発行所　きずな出版
東京都新宿区白銀町1-13　〒162-0816
電話　03-3260-0391
振替　00160-2-633551

ブックデザイン　福田和雄（FUKUDA DESIGN）
編集協力　ウーマンウエーブ
印刷　モリモト印刷

ISBN978-4-86663-128-8

きずな出版
https://www.kizuna-pub.jp/

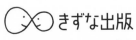

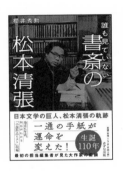